CONTENTS

1

懐かしい夢を見た――目を覚ました途端、姫宮《ひめみや》良太郎《りょうたろう》の唇から思わず深い溜《た》め息が漏れた。

枕《まくら》元の時計を見やるといつもの起床時間、六時にちょうどなるところだった。起き上がって鳴り始めたアラームを停止し、手の中で目覚まし時計を暫《しば》し弄《もてあそ》んだあと、ベッドから下りバスルームへと向かう。

洗面台や床が大理石となっている豪華なバスルーム内にあるシャワーブースに入り、頭から湯を被《かぶ》る。

今の夢をすべて洗い流そうと目を閉じ、シャワーを浴びる姫宮の姿は、この場に誰《だれ》かいたとしたら必ず見惚《みと》れたに違いない。それほどに彼は美しかった。

人目を引かずにはいられない美貌《びぼう》の持ち主である上、『玉の肌』という言葉がぴったりの美しい白い肌の持ち主でもある。

その上すらりとした長身に長い足、という日本人ばなれしたスタイルのよさを誇っており、身体《からだ》を鍛えているために筋肉もほどよくついていた。

手早くシャワーを浴び終えると姫宮はバスローブを身に纏《まと》い、水を飲むためにキッチンへと向かった。広々としたリビングを突っ切り、料理上手な彼が愛用している、やはり広いキッチンで冷蔵庫を開けミネラルウォーターを取り出す。

姫宮は警視庁警備部警護課勤務の警察官である。いわゆる公務員であるのだが、彼の住居は一介の公務員にはそぐわない、実に豪奢《ごうしゃ》なマンションだった。

勤務先である警視庁の近く、赤坂《あかさか》の一等地にそびえ立つ超高層にして超高級なマンションの最上階に近い３ＬＤＫであり、しかも賃貸ではなく部屋の名義は姫宮本人となっていた。部屋数も多く、百平米以上あるそのマンションに姫宮は今、一人で住んでいる。彼がこの部屋の持ち主となった経緯については、本人も隠していないので彼の周囲の人間は皆知っているが、このマンションは彼の父親から、遺産を生前分与されたものだった。

購入価格九桁《けた》を生前分与できる姫宮の父は歌舞伎の名門、豊田《とよだ》屋の家長、松澤陽好《まつざわようこう》である。姫宮の母は正妻ではなく松澤家のもと家政婦で、美貌を家長に見初《みそ》められ関係を結んだ。

当時、すでに陽好には正妻との間に好一《こういち》という跡取り息子《むすこ》が生まれていたが、責任は果たすと陽好は姫宮を認知し、中学二年までは嫡男である好一同様に育て、歌舞伎の稽古《けいこ》もつけていた。

姫宮が家を出、遺産の生前分与を受けることになったきっかけは母親が病に倒れたことだった。

松澤陽好の父、松澤陽元《ようげん》は人間国宝にもなった名優であったが、彼は孫である姫宮の芸を高く評価し、ことあるごとに正妻の子である好一よりも才能があると口にしていた。歌舞伎界の重鎮である陽元の言葉に逆らえる人間はおらず、そのため舞台でも姫宮は好一よりいい役がつくことが多かった。

その陽元が、姫宮が十七歳のときに亡くなったのだが、それまで鬱屈《うっくつ》していた松澤の正妻の不満がここで爆発、何かというと姫宮の母、桜子《さくらこ》に当たるようになったのである。

姫宮の好待遇も祖父の死と共に終わりを迎え、舞台の出演の機会はほとんどなくなった。日に日に痩《や》せ衰えていく母を見るに見かね、姫宮は父、陽好に絶縁を申し出た。

陽好は、成人するまでは養育費と生活費は払うと言ったものの、姫宮を引き留めることはせず、遺産の生前分与ということで彼と彼の母に赤坂の高級マンションを買い与え、そこで親子の縁は切れた。

その後、姫宮は、歌舞伎界は勿論《もちろん》、日舞や琴等の芸事の道には一切近寄らず、幼い頃より憧《あこが》れていたSPとなるべく努力を重ね、希望どおり警視庁警備部警護課勤務となった。

姫宮の母は、松澤の家を出たあとも体調が戻らず伏せりがちであったが、姫宮がSPになったのを見届けると安心したように息を引き取り、それで姫宮は赤坂の高級マンションに一人暮らしとなったのだった。

十七歳まで歌舞伎の舞台に立っていたこともあり、警察に入ってからも姫宮を松澤陽好の息子と知る人間は彼の周囲にたくさんいた。舞台を観たと声をかけられることもよくあった。女形を演じることが多かったためと、子供の頃から身についた優しげな言葉遣いのため、姫宮を『男らしくない』と評し、蔑《さげす》む人間も中にはいたが、姫宮はそれらの輩《やから》を相手にすることなく、逆に言葉遣いをより女っぽくし、一人称も『あたし』に変えた。

自分の経歴や過去は変えられない。要はＳＰに相応《ふさわ》しい人物だと実務で認めさせればいい――顔立ちも、物腰も優しく美しく、そして女らしかったが、姫宮は実に芯《しん》のしっかりした、男らしい性格をしているのだった。

訓練中は何かと陰口を叩《たた》かれることの多かった姫宮だが、配属が精鋭しか入れないといわれる藤堂《とうどう》チームに決まると、皆、彼の実力を認めざるを得なくなり、陰口も次第にやんでいった。

藤堂チームへの配属は、姫宮自身も実は予想だにしていなかった。

確かに成績は優秀だったが、自分よりも優秀な同期は数名いた。なのになぜ、と疑問に思った彼は、配属初日に藤堂に自分が選ばれた理由を尋ねたのだった。

「理由？」

今は亡き祖父が著名な政治家であり、実家が旧財閥の主《あるじ》でいくつものグループ会社を傘下に収める大企業のトップを父に持つ藤堂祐一郎《ゆういちろう》は、本人も警察始まって以来の逸材と名高い警察官で、警護課の中でもその実力と評判は飛び抜けていた。

最重要といわれる警護は必ず藤堂チームが担当となる。姫宮は配属時に初めて藤堂と口を利いたのだが、氷の美貌とも言うべき端整な顔をした彼の、真の実力者たる存在感に圧倒され、そのような問いを仕掛けたことを後悔した。

「す、すみません、なんでも……」

なぜ配属されたのかという問いは、あたかも自分がこの配属に不満を抱いているようにも取れると気づいた姫宮は慌てて質問を取り下げた。が、それよりも藤堂が口を開いたほうが早かった。

「私のチームに必要だと判断したからだ」

「……あ、ありがとうございます……」

藤堂の口調も態度も淡々としたものだったが、精鋭中の精鋭に実力を認められた喜びに姫宮は打ち震えた。

あれから三年か――ペットボトルを手にいつしかぼんやりしていた姫宮は、肌寒さを覚え我に返ると、支度をせねば、とミネラルウォーターを飲みきり、寝室へと戻った。

容姿端麗な彼はしっかりとそれを自覚しており、自分の容姿を引き立てるよう服装にも気を配っていた。

とはいえSPは常に地味なスーツの着用が求められるために、そうそう服に凝ることはできない。彼が心がけているのはワイシャツには常にアイロンをビシッとかけることと、カフスや時計などの小物だった。

今日、彼が身につけたのは母親の形見のイヤリングをカフスに直したものだった。小ぶりのサファイアで重要な仕事の日には必ず姫宮はこれを身につける。

今日は内勤の予定だったが、彼にとって夢見が今一つよくなかったためにそれを選んだのだった。

姫宮が夢に見たのは、幼い頃、まだ松澤家に身を置いていた当時、母親と二人、皆から誹《そし》られている光景だった。

『やめろよ』

唯一自分たちに対し好意的だった一歳年上の義兄が、蹲《うずくま》る母と自分の前に仁王立ちになり庇《かば》ってくれていた。あれは実際あったことだったか、と姫宮は記憶を辿《たど》ったものの、すぐに、すべては昔のことだ、と思考を打ち切った。

支度を終えると姫宮は鏡で全身をチェックし、職場である警視庁へと向かった。

「おはよう〜」

警備部警護課、藤堂チームの部屋に入ると、姫宮はいつものように出勤していた皆に明るく声をかけた。

「おはよう」

常に早くから席についているチーム長の藤堂が挨拶《あいさつ》を返すその横で、

「おはようございます」

藤堂と共に出勤している、藤堂の『影』篠諒介《しのりょうすけ》もまた静かな声音で挨拶を返す。

「よお」

姫宮の隣の席に座る、彼のバディである星野一人《ほしのかずと》もすでに出勤しており、いつもどおりに姫宮に向かい、笑顔で右手を挙げて寄越《よこ》した。

「あら、ランボー、今朝《けさ》は早いじゃない」

姫宮をはじめ、藤堂チームの皆は星野を『ランボー』と呼ぶ。藤堂チームでは藤堂以外、互いを本名ではなくニックネームで呼ぶ慣習があった。

まず皆は藤堂を『ボス』と呼ぶが、それはある有名な刑事ドラマの『ボス』の名字が藤堂であるところから来ていた。

篠に対しては名前で呼びかけるが、陰では彼のことを皆、『アンドレ』と呼んでいた。

姫宮は自分から『姫』と呼んでほしいと強要したためそれが愛称となっている。

星野の『ランボー』も人気映画からで、見事なガタイを誇る彼は、身体と、そして顔立ちがかの映画の主人公と少し似ているのだった。

藤堂チームにはあと二人、メンバーがいる。

「おはよう」

今、扉を開けて部屋に入ってきたのがそのうちの一人、百合香《ゆりかおる》で、愛称は『かおるちゃん』だが、そう呼ぶのは姫宮くらいで、他《ほか》のメンバーは『百合さん』と名字で呼んでいた。

「かおるちゃん、なにその顔」

二日酔いであることがよくわかる、少し浮腫《むく》んだ顔をしている百合に対し、姫宮が大仰な声を上げる。

「いやあ、昨日、水嶋《みずしま》さんの店で飲みすぎちゃって」

「いくら最愛のバディが留学中だからって、生活荒らしちゃダメよ」

頭を掻《か》く百合に、姫宮が注意を促す。百合のバディは唐沢悠真《からさわゆうま》という今年配属の新人であり、特殊能力を磨くために米国に留学中だった。

藤堂チームは決まった相手同士を常に組ませるバディ制をとっており、それが成功の秘訣ともいわれていた。

他のチームでもバディ制を真似《まね》るところは多かったが、藤堂チームほどの成果を上げられていない。理由はバディとなるメンバー同士の相性が藤堂チームほどぴったりはこないためで、それもまた藤堂の慧眼《けいがん》の賜《たまもの》と言われていた。

あまりに相性がぴったりのため、唐沢が留学中の今、百合のバディは補充せずに空席となっている。チーム内の皆は、百合と唐沢が仕事の上だけでなくプライベートでも『バディ』であることを知っているために、増員しないという藤堂の選択を受け入れた。その分仕事はきつくなったが、誰一人としてそれを不満に感じる人間はいなかった。

バディ同士の相性に加え、チーム内の団結力が群を抜いていい。それが藤堂チームを精鋭中の精鋭たらしめている要因であるに違いなかった。

互いに踏み込んだ付き合いをしているために、ともすればおせっかいと言われそうな発言をすることもある。今の姫宮の百合に対する言葉はまさにそれに当たるものだったが、百合のリアクションは実に素直だった。

「わかっちゃいるけどな。寂しいんだよ」

「寂しいのは、それこそわかるけどさあ」

肩を竦《すく》める百合に姫宮が同情的な視線を向ける。

「でも、身体に悪いでしょ」

「気をつけるよ。今日が内勤だと思ってつい、飲みすぎた」

百合が返事をしたそのとき、藤堂の厳しい声が室内に響いた。

「私語はそのくらいにして、仕事をしてもらいたいんだが」

「すみませぇん」

しまった、と姫宮が首を竦め、

「まだ始業前じゃないか」

百合が藤堂に対し口を尖《とが》らせる。百合と藤堂、それに篠は同期のため百合は藤堂に対し、気安い態度をとっていた。

百合が言い返したと同時に始業のチャイムが鳴る。

「おっと始業か」

藤堂が何か言おうとしたのを制するように百合がそう言い、わざとらしくパソコンの電源を入れる。やれやれ、と姫宮と星野は肩を竦め合い、それぞれパソコンの画面へと意識を向けた。

いつものようにスケジュールとメールをチェックしたあと、姫宮は明日からの仕事に備え、警護対象となる大臣のプロフィールをチェックし始めた。

「皆、集まってくれ」

と、そこに藤堂の凛《りん》とした声が響き、何事かと姫宮は顔を上げると、同じく不審そうな表情を浮かべていた星野と一瞬目を見交わしたあと、二人で藤堂のデスクへと駆け寄っていった。

百合もまた立ち上がり、姫宮と星野の横に立つ。

「明日は外務大臣を警護する予定だったが、今、変更依頼がきた。来日中の米国国務省の副長官の警護にあたることになった」

「確かそれは田中《たなか》班が割り当てられたんじゃなかったか？」

百合が眉《まゆ》を顰《ひそ》め問いかけるのに、藤堂が「そうだ」と頷《うなず》く。他の班の警護状況までよく把握しているなと感心していた姫宮は、再び藤堂が話し出したのに意識を彼へと集中させた。

「テロリストから襲撃予告が届いたので、急遽《きゅうきょ》我々主体で警護にあたることになった。田中班はサブに回る」

「襲撃予告？　めずらしいな」

百合が呟《つぶや》き、姫宮もまた頷く。日本国内にかなりの規模のテロ団体が存在しており、海外からの要人来日時には彼らの犯行と思われる事件が多発していたが、事後はともかく事前に犯行予告を行ったことは今まで一度もなかった。

「新しいテロ組織の可能性大だ。これからすぐに現場に向かってくれ」

「現場？」

きびきびとした口調で藤堂が言うのに、話が見えない、と百合が問い返す。

「どこです？」

星野もまた問うのに藤堂が答えたのだが、それを聞いた姫宮の鼓動がどきりと変に高鳴った。

「銀座のT劇場だ。副長官は歌舞伎観劇が趣味とのことで、二日後の豊田屋特別公演初日を観る予定だ」

「最近巷《ちまた》でも話題の舞台です。三代目坂上孝之助《こうのすけ》が『阿古屋《あこや》』を演じるということで」

横から篠が言葉を足す。

「『阿古屋』?」

知らない、と首を傾《かし》げた星野が、歌舞伎のことならと思ったのだろう、姫宮のほうを見て問いかけたあと、あ、と何か気づいた顔になった。

「豊田屋ってもしかして……」

「あら、よく覚えていたじゃない」

星野に向けた笑顔が引きつる。だが姫宮はすぐにニッと笑い直すと、訝《いぶか》しげな顔をした星野に対し言葉を足した。

「そう。豊田屋はあたしが昔世話になったところよ。三代目孝之助は義理の兄」

「……姫……」

口調が必要以上にさばさばしすぎたか、と姫宮は自分を見つめる星野の目を見て心の中で舌打ちした。

単純が服を着て歩いているような星野は、思っていることがすべて顔に出る。今、彼の顔には『マズいことを聞いてしまった』という後悔の念が現れていた。

豊田屋について、自分が拘《こだわ》りを持っていると思われたくはない、と姫宮はあえて明るい口調を貫き、最初の質問に答え始めた。

「『阿古屋』っていうのは歌舞伎の有名な演目で、今現在演じることができるのは確か、二人……だったかしら。そのうちの一人が孝之助で、今回が初お披露目だったはず。アメリカの副長官、それを観たいだなんて、かなりの歌舞伎通ねえ」

「たった二人？　難しいのか？　それとも特別な人間しか演じちゃいけないルールがあるとか？」

星野の横から百合が姫宮に問いかける。星野はといえば相変わらず複雑そうな顔をし、姫宮を見つめていた。

まだ気にしているのか、と姫宮は内心肩を竦めつつ、わざと彼を無視し百合の問いに答える。

「難しいのよ。舞台の上で三種類の楽器を弾きこなす必要があるから。琴と三味線と胡弓、それらを弾きながら役を演じなきゃいけないから難役と言われているわ。まあ、そもそも三種類の楽器ができる役者自体がいないっていうのが大きいかな」

「その難役を三代目孝之助が今回初披露か」

なるほどね、と百合が頷く声に被せ、藤堂の声が響く。

「テロリストからの予告状はその三代目孝之助に――本名、松澤好一に届いた。よって当日は彼にも警護をつけることとなる。それではすぐに劇場に向かってくれ」

「はい」

「わかった」

星野と百合が頷き、すぐさま席に戻って出かける準備をし始める。

「姫宮」

姫宮もまた席に戻ろうとしたが、その背に藤堂が声をかけてきた。

「はい？」

一人の思考に入り込んでいた姫宮がはっとし、藤堂を振り返る。

「どうした？　顔色が悪いが」

藤堂に厳しい目で真っ直《ます》ぐに見据えられ、自身の心の奥まで見透かされるような気がした姫宮は、慌てて笑顔を作った。

「体調はすこぶるいいです。それでは行って参ります」

「……そうか」

会釈をし、席に駆け戻ろうとした姫宮の目の端に、藤堂の端整な顔が映る。彼もまた心配そうな表情を浮かべていることに気づいた姫宮は、しっかりせねば、と自身を叱咤《しった》しつつ、パソコンの電源を落として引き出しへと仕舞った。

常に機密漏洩《ろうえい》には気を配る必要があるＳＰは、出かける際に情報機器を必ず引き出しの中

に仕舞い施錠する。そうして手早く出かける支度を終えると姫宮は、

「行くわよ」

と星野に声をかけ、先頭に立って部屋を駆け出した。

「なあ、姫」

あとに続いた星野が、遠慮深く声をかけてくる。

「なによ」

振り返りもせずに答えた姫宮の機嫌が悪いことに気づいたのだろう、星野は、

「いや、なんでもない」

とぼそぼそと続け、あとは口を閉ざした。

「…………」

そういうことをされると更に苛《いら》つくのだけれど、と姫宮はあからさまな溜め息をつき、足を止めて星野を振り返る。

「何よ、はっきり言いなさいよ」

「いや……姫」

星野は一瞬面食らった顔になったが、すぐに真面目《まじめ》な表情で、

「大丈夫か？」

と問うてきた。

「何が」

「だから、義理のお兄さんと会うのが」

下手に言葉を濁すよりも、ストレートに言ったほうが姫宮にとってもいい。星野はそう判断したようで、ずばりと核心を突いた問いを姫宮にぶつけてきた。

「大丈夫よ」

「俺と百合さんで行ってもいいんだぞ」

姫宮が言い捨てたといってもいいような口調で告げたというのに、星野は尚もそう言葉を重ねる。

「大丈夫。血の繋《つな》がりはあるけど、縁はとっくの昔に切れてるの。思うところはまったくないわ」

苛立ちは募っていたが、不機嫌になればなるだけ『思うところ』があるように星野はとるに違いない。それがわかるだけに姫宮はあえて笑顔を作るとそう告げ、

「ありがとね」

と星野の上腕を叩いた。

「それより、テロリストよ。予告状なんて、ふざけた真似してくれるじゃない。マスコミにも届いてるのかしら」

「届いていたら藤堂が言うだろうからまだってことなんだろう」

姫宮が転換した話題に乗ったのは百合だった。

「普通、犯行声明はマスコミに送りそうなものだけどね」

「ああ。そうだな」

姫宮と百合の間で会話が続く。いつもであれば星野も話題に入ってくるのに、彼が参加しないのは、先ほどのやりとりをまだ気にしているためかと姫宮は察したものの、それを追究するのは面倒だという理由からあえて無視し、百合と話を続ける。

「しかも役者に送るなんて聞いたことないわ。本当にテロリストなのかしら」

「その辺は捜査が進んでいるだろう。我々の仕事は警護だからな」

「……そうね」

百合の言葉に姫宮は頷いたが、ともすれば溜め息が漏れそうになり、慌てて唇を引き結んだ。

「どうした?」

百合がそんな姫宮の顔を覗《のぞ》き込んでくる。

「なんでもないわ。さあ、急ぎましょう」

心配そうな表情を浮かべる百合に姫宮は殊更元気に笑ってみせると、廊下を駆けるようなスピードで進んでいった。

あとに百合と星野が続く。おそらく二人は自分の様子を訝り、顔を見合わせているだろうとわかるだけに姫宮はあえて振り返らずにいたのだが、そんな彼の脳裏には今朝見た夢の光景が――十年前に決別した義兄、好一の顔が浮かんでいた。

2

T劇場は銀座《ぎんざ》の中心地から少し外れたところに建つ、十二階建のビル内にある。三人が到着すると、すでに大勢の警察官の姿が劇場内に溢《あふ》れていた。

「公安の連中も来ているな」

百合がぼそりと呟く声に、星野は頷きつつも、ちらと彼のバディ、姫宮を見やる。

視線を感じているだろうに姫宮は頑《かたく》なに自分のほうを見ようとしない。その理由は星野にも理解できるだけに、彼に声をかけることなく、

「行くぞ」

と先に立って歩き始めた百合のあとに続いた。

星野にとって姫宮というバディは、警察内で最も気心の知れた相手だった。もとより星野は社交的な性格をしており、友人は多い。

学生時代はずっと柔道部に所属していたため、中学、高校、そして大学と、柔道を通じて

の友人も多く、喜びも悲しみも苦労も努力も共にしてきた部の仲間とは腹を割った付き合いをしてきた。

『親友』と呼べる相手は通常、多くて二、三人といわれるが、星野にとっては柔道部の仲間は皆『親友』といっていい間柄だった。ありのままの自分をさらけ出すことができる相手であり、彼らもまたありのままの姿で自分と接してくれ、お互い何一つ遠慮することなく付き合える。

いまだにそうした関係を結んでいる柔道部の仲間たちと同様、星野にとって姫宮は心の通じ合った大切な相棒だった。

その相棒の様子がおかしいことに気づいた星野は、その理由にもまた思い当たるものがあった。というのも星野は以前姫宮から彼の出自について聞いていたためである。

バディを組むことが決まったとき、姫宮が自分から話してくれたのだった。歌舞伎を辞めたいきさつも聞いた。自分自身も酷《ひど》い苛《いじ》めや嫌がらせを受けたが、それ以上に母親を苦しめた豊田屋こと松澤の家との絶縁は姫宮が望んでのものであり、自身の心の中に一欠片《ひとかけら》も確執がない、と言えば嘘《うそ》になる、とあえて軽い口調で告げ肩を竦めてみせた姫宮の顔には、今まで星野が見たことがなかった暗い影があった。

星野は本能で、ここは姫宮にとって最も触れられたくない部分なのだなと察し、それ以降はその話題を一切出さなかった。バディを組むからと、自分のことは包み隠さず話そうとしてくれた姫宮の心意気に感じ入っていた星野は、その心意気に応《こた》えるためにも彼が口にする際に苦痛を感じるような話は二度とすまいと考えたのである。

藤堂から孝之助の名が告げられたときに、姫宮は明らかに動揺していた。それを必死に押し隠そうとしている彼を痛々しくて見ていられず、つい口を出してしまったが、それが姫宮の逆鱗《げきりん》に触れたらしい。

きっと姫宮は自分が動揺していることを人に悟られたくはなかったようである。気づいたとしても軽く流してほしかったのに、自分は気になるあまりいつまでも引っ張ってしまった。それがまた姫宮の怒りを煽《あお》った。

もう目も合わせてくれないが、仕事となればそういうことはすべて割り切り、普段の様子を取り戻すだろう。そこは星野も信頼しており、自分も『普段の様子』にならねば、と心の中で独りごちた。

劇場到着後、まず三人は警護のために劇場内を視察した。

「比較的新しい劇場で助かったな」

「そうね。前の歌舞伎座《かぶきざ》のときはセキュリティチェックが難しかったものね」

百合と姫宮、二人のあとに続きつつ、星野も思うことを口に出した。

「副長官はやはり二階のセンターブロックに座るんでしょうか」

「ボックス席という可能性もあるわね。それ以前に観劇をやめるっていう可能性はないのかしら」

やはり星野の予測どおり、姫宮は何事もなかったかのように星野に話しかけてきた。

「中止するのが一番の安全策だろうが、俺たちにお呼びがかかったってことはしないんだろうな」

今度は失敗をするまいと、星野はごく自然に答え肩を竦める。

「すりゃあいいのにねえ」

姫宮の返しもいつもどおりで、やれやれ、と星野は密《ひそ》かに胸を撫《な》で下ろした。

「それじゃ、マルタイの一人に挨拶に行くか」

一とおり劇場内を見たあと、百合が姫宮と星野を副長官以外の警護対象者——孝之助の楽屋へと誘った。

「そうね」

姫宮が笑顔で頷き、百合のあとに続く。ここでまた星野は彼に『大丈夫か』と問いかけたくなったが、二度と同じ過ちは繰り返すまいと我慢した。

「さっき舞台に、琴や、ええと、なんだっけ？　胡弓か。それが運ばれてたな。これから舞台稽古でもやるんだろうか」

「そうなんでしょうね」

百合の問いに姫宮が答えたが、相槌《あいづち》は彼らしくなくあっさりしていた。

「さっき聞いた話だが、『阿古屋』を初めて演じるのに、小規模なこの劇場を選んだのは孝之助自身だそうだ。話題の舞台だし、会社側は通常の公演と同じ大きな箱でと再三説得したが、聞き入れられなかったんだと。で、その分、チケット代が割高になったらしい」

「なぜなんでしょう」

米国国務省の副長官が是非とも——テロリストに狙《ねら》われていることがわかった上でも——観たいというほど話題性のある演目であるなら、規模の大きな劇場でやるのが普通ではないのかと星野は疑問を覚え、理由を百合に問うた。

「すべての客に傍《そば》近くで観てほしいとか、そんな理由だったかな。それから音響の問題とか言っていた」

「まあ『阿古屋』ならわからないでもないわね」

答えた百合の横で姫宮が肩を竦める。

「実際に楽器を弾くわけだから、その音を優れた音響設備の劇場で聴かせたいってことでしょう」

「確かにこの劇場、音響のよさで有名だとロビーに書いてあったな」

その表示を思い出し、頷いた星野に、

「それ言われちゃ、会社も呑《の》むしかなかったんでしょう」

と姫宮が笑いかけてきた。

「チケットは全席ソールドアウトだそうだ。普段の公演より時間が短い上に料金倍だぜ？さすが『阿古屋』ってことなんだな」

百合が感心するのに姫宮が「まあね」と今度は彼に笑みを返す。

「孝之助人気もあるでしょうけどね。今や若手では一番らしいし」

「そういや俺も知ってるわ。他はあまり知らないが」

百合が相槌を打ち、なあ、と星野に話題を振ってくる。

「俺も。あのワイドショー騒がせた役者以外で知ってるのは彼くらいかな」

星野もそれに答えたが、百合にしろ星野にしろ、話題の主が姫宮の義兄であることには触れなかった。

「あはは、ワイドショー、そういや沸いたわね」

姫宮が楽しげに笑い、星野の背をばしっと叩く。

「孝之助のほうは品行方正らしいから。芸道一直線でもなきゃ、『阿古屋』はできないでしょうからね」

さあ、行きましょう、と姫宮が明るく百合に声をかける。

「ああ」

百合は頷いたあと、ちらと姫宮を窺《うかが》った。

「やあね。かおるちゃんまで」

姫宮が苦笑し、肩を竦める。

「仕事は仕事。まあ、向こうはびっくりするかもしれないけどね」

十年ぶりの再会ですもの、と、さもなんでもないことのように笑う姫宮を百合が、

「老けたなと思うとか？」

と茶化す。

「失礼ね」

姫宮はふざけてむくれてみせたが、そこにはどうしても『作った』感が漂っていた。

だがそれに気づいた素振りを見せてはならない、と星野もまたおふざけに乗っかる。

「百合さん、やめてくださいよ。姫が当たり散らすのは俺なんですから」

「あら、自分の役所、よくわかってるじゃない」

姫宮はそう言ったかと思うと、拳《こぶし》で星野の背中を思いっきりどついた。

「いってーっ‼」

「さ、行きましょ」

蹲る星野を一瞥《いちべつ》し、姫宮が先頭に立って歩き始める。

「暴力反対」

「人聞きが悪いわね。スキンシップよ」

姫宮は尚もふざけていたが、その横顔は緊張していた。

う相手に。十年ぶりに義理の兄と会うのだ。しかもおそらくお互いしこりの残る形で決別したであろ

だろう。だが姫宮のことだ、きっと義兄の前でも冷静さを保ち、緊張も動揺も見せることはないの

になる。もしもその義兄が何か姫宮を傷つけるような言葉をかけたりしたら、必ず自分が庇う。盾《たて》

決して姫宮に嫌な思いなどさせるものか——気づけば星野の拳は強く握られていた。

メディアでしか知らない姫宮の義兄、孝之助とは果たしてどのような人物なのか。

顔くらいはわかるが、性格や人となりを知る機会はない。

ただいかにも名門の出らしい、品のある二枚目だという認識しかないのだが、と思いつつ星野はいつの間にか百合が姫宮を追い越し先頭に立っていた、その二人のあとに続き、孝之助がいるという彼の楽屋へと向かった。

ドアをノックし、室内からの返事を確かめてからそのドアを開き、贔屓《ひいき》筋から貰《もら》ったものと思われる暖簾《のれん》をくぐる。

「…………」

白粉と思われるむっとくる匂《にお》いが立ち込める中、室内に足を踏み入れた星野は、楽屋の鏡の前で正座し自分たちを迎えている姫宮の義兄、三代目孝之助を百合と姫宮の肩越しに見や

った。

「警視庁警備部警護課の百合です。舞台当日、あなたの警護にあたらせていただきます」

「同じく姫宮です」

姫宮が名乗り、会釈をしたあとに星野は名乗ろうとしたのだが、それを孝之助の高い声が遮った。

「良太郎！　良太郎じゃないか！　僕は今、幻を見ているのか？」

そう叫んだかと思うと、孝之助は立ち上がり、浴衣《ゆかた》の裾《すそ》が乱れるのも気にせず姫宮へと駆け寄ってきた。

「良太郎！　ああ、良太郎だ！」

姫宮の手を取り、泣き出さんばかりの勢いで呼びかける。

「こうしてまたお前に会えるなんて！　良太郎、何か言ってくれ！　これが夢じゃない証拠に僕に言葉をかけてくれ！」

「………ご無沙汰《ぶさた》しています………」

孝之助のテンションの高さに比べ、姫宮は酷く落ち着いていた。

微笑《ほほえ》み頭を下げたが彼の顔色は悪く、孝之助に取られた手をすっと引き抜くと、呆然《ぼうぜん》とその様子を見ていた星野を振り返った。

「彼も我々と同じく、当日あなたの警護にあたる星野です。今日は事前の挨拶に参りました」

「良太郎………」

姫宮の対応に、孝之助はショックを受けている様子だった。

「どうしてそうも余所余所《よそよそ》しくするんだ。十年ぶりだよ？　十年ぶりに会えたのに……っ」

「申し訳ありません。我々は今、勤務中ですので」

動揺激しい孝之助に対し、答えたのは姫宮ではなく百合だった。

「規則ですので。申し訳ありません」

丁寧に頭を下げる百合の横で、姫宮もまた頭を下げる。

「……そうなんだ……」

孝之助はまだ納得しかねている様子だったが、規則と言われては何も言えなくなったようで、不承不承頷いた。

「それでは失礼いたします」

百合が会釈をし、部屋を出ようとする。姫宮も、そして星野もあとに続こうとしたが、そのとき孝之助の、

「待ってくれ！」

という声が響いた。

「良太郎、勤務時間が終わったら是非会いたい！　ゆっくり話がしたいんだ！　何時なら身体が空く？　頼む！　教えてくれ！」

叫ぶだけでなく孝之助は姫宮へと駆け寄ろうとした。反射的に星野は姫宮を庇うべく彼の前に立ちはだかったのだが、背後から、

「いいから」

と姫宮に声をかけられ脇《わき》へと退《ど》いた。

「良太郎！」

孝之助が姫宮の上腕を摑《つか》み、必死の形相で顔を覗き込む。

「……わかりました。連絡先を教えてもらえますか」

暫しの沈黙のあと、姫宮が抑えた溜め息を漏らしつつ、孝之助にそう告げた。

「携帯の番号を教えるよ」

孝之助の顔がぱっと輝き、化粧前へと駆け戻っていく。

彼はそのあたりにあったメモ用紙に自分の携帯電話の番号を記入し、姫宮の元へとすぐ戻ってきた。

「ここに電話をしてくれるかい？」

「わかりました」

孝之助の顔はどこまでも嬉《うれ》しげであるのに対し、姫宮の表情はどこまでも硬い。

表情の違いはあれど、この二人はよく似ているなと、星野は目の前の姫宮と孝之助を思わずまじまじと見やってしまった。

異母兄弟というが、父親の面差しを二人して引き継いでいるのか。色白で細面の整った容貌は、何も知らない人間が見ても血の繋がりがあると見破れるほど二人はよく似ていた。

姫宮のほうがほんの二センチほど背が低く、少しだけ細身である。孝之助の女形姿は実に美しいが、身長が高すぎるという評をどこかで読んだ気がする、などと考えていた星野は、その孝之助が姫宮に電話番号を書いた紙を渡しながら、ぎゅっと手を握り締めたのを見て、はっと我に返った。

「良太郎の番号も教えてもらえるかな?」

「……電話をしますので」

手を握られた瞬間、姫宮が微《かす》かに動揺したのを、星野は見逃さなかった。

百合もそうなのだが、姫宮はどちらかというとスキンシップ過多の傾向があり、星野もふざけて手を握られたり肩を抱かれたり、挙げ句の果てには酔った彼に無理やりキスをされたことすらある。

その彼が手を握られるくらいで身体を強張《こわば》らせるとは、やはり義兄との間には確執があるということだろうか、と星野は改めて俯《うつむ》く姫宮と残念そうに、

「わかった」

と頷く孝之助を見た。

確執がある割には、孝之助は姫宮との再会を心から喜んでいるように見える。喜びすぎに

すら思えるのだが、と尚も彼の顔を見つめていたところ、視線に気づいたのか孝之助がちらと星野を見やった。

「……すみません、お恥ずかしいところをお見せして……」

他人の視線を受け、さすがにはしゃぎすぎと自覚したのか、孝之助が恥ずかしそうな顔になり姫宮の手を離す。

「実は我々、血の繋がった兄弟なのです。いろいろと事情があって十年ぶりに再会したもので、もう舞い上がってしまって……」

照れがそうさせるのか、べらべらと事情を説明し始めた孝之助の言葉を遮ったのは姫宮だった。

「お騒がせしました。それでは行きましょう」

百合と星野に声をかけ、孝之助には「失礼します」と会釈をしてから、姫宮がすたすたと一人楽屋を出ていく。

「良太郎！　電話、必ずしておくれよ？　待っているから！」

彼の背に孝之助が声をかけていたが、なんだか必死に聞こえるなと星野は思わずまた彼へと視線を向けかけた。

「行くぞ」

だが百合に促され、そのまま楽屋を出ると星野は姫宮の姿を求め周囲を見回した。

「もう外に出ているんじゃないか」

百合がそう言い、早足で通路を進んでいく。

「……大丈夫でしょうか」

思わず星野は彼の背に問いかけていた。百合の足が止まる。

「姫か？」

振り返り、確認をとってきた百合の顔にも心配の色があった。

「……はい」

「めずらしく動揺はしていたが、あいつはメンタル面が強いからな。大丈夫だろう」

百合はそう言っていたが、それが星野を安心させるための方便であることは表情を見ればわかった。

「今日のことは藤堂に報告するよ。姫は今回、外れたほうがいいかもな」

「そうですね」

劇場の外へと肩を並べて向かいながら、百合が告げた言葉に星野が頷く。

「……悠真が抜けた穴はやはり大きいな」

ぽつり、と百合が呟いたのに、星野は相槌の打ちようがなく黙って歩き続けた。

補充がなかったのは、悠真に——百合のバディである唐沢悠真に戻る場所を確保するためであることは、チーム内の皆が知っている。

知っている、という以上にチームの総意で補充はしないと決めたのだが、それを最も望み、そして最も喜んでいるのは、公私共に唐沢とバディを組んでいる百合だった。

申し訳ないという気持ちから出た言葉なのだろうが、それを自分が『そんなことはない』と言うのはどうかと星野は思い、口を閉ざしたものの、同時に彼は、大切な自分のバディの――姫宮のためには、今、唐沢がいてくれれば、姫宮をローテーションから外すのは容易だったろうにと思わずにはいられなかった。

姫宮はエレベーターホールで二人が出てくるのを待っていた。

「なんだかごめんなさいね」

百合と星野の姿を認めると、姫宮は駆け寄ってきてなんともバツの悪そうな顔で詫《わ》びてきた。

「いや、お前が謝ることはないだろ」

星野が何を言うより前に百合は笑って姫宮の肩を叩いた。

「今、ランボーとも話していたんだが、今回、お前を外してもらうようボスに頼むつもりだ」

「………悪いわね」

百合の言葉に姫宮は一瞬何か言いかけたが、すぐにぽつりとそう告げると、ぺこりと百合と星野に頭を下げた。

「だからお前が謝ることじゃない」

百合が先ほどと同じ言葉を告げ、また姫宮の肩を叩く。

「親族を警護するというのも問題になるしな」

百合はそう言うと、な、と星野に相槌を求めてきた。

「安心してくれ。俺らできっちり警護してみせるよ」

実際、星野はもう少し違ったことが言いたかった。が、それを口にすることを姫宮は望むまいと察していたため、あえてそれだけ言うと、彼もまた姫宮の肩を叩いた。

「あんた一人じゃ心配だけどね」

いつものように姫宮が悪態で応えてきたが、彼の目にはどこかほっとした色があると星野は気づき、なんともいえない気持ちになった。

「それじゃ、戻ろう」

百合に促され、三人は覆面パトカーへと向かったのだが、その間も、そして車中でも姫宮は陽気にあれこれと話しかけてきた。

だが彼が無理をしていることは明白で、話題に乗ってやりながらも星野は百合とこっそりと目を見交わし、大丈夫だろうかと姫宮を案じたのだった。

その日の夜、姫宮はほぼ定時に、

「お先に失礼します」

と一人帰っていった。

百合からの報告を受けた藤堂はすぐ、警護から姫宮を外すと決定し、人員補充のために田中チームに応援を求める申請を警備部長に行った。

劇場から戻ったあと、星野はずっと姫宮の動行を気にかけていたが、星野の知る限り姫宮は孝之助に連絡を入れてはいなかった。

終業後、星野は姫宮を飲みに誘うつもりでいた。事情を聞こうとしたわけではなく、彼を元気づけたかったのだが、終業のベルが鳴ったと同時に立ち上がった姫宮に声をかけそびれてしまったのだった。

姫宮が帰ったあと、星野は思わず百合と顔を見合わせていた。

「……連絡、入れるんでしょうか」

「……どうだろうな」

気になって仕方がなかった星野は、百合に問うたところで答えなど出ないとわかっていたにもかかわらずそう問いかけてしまい、予想どおりの答えが返ってきたことに溜め息を漏らした。

「……すみません」

「謝る必要はないさ。どうだ？　このあと、行かないか？」

百合は星野に対し、肩を竦めて首を横に振ると、笑顔で飲みに誘ってきた。

「ええ……」

どうするか、と星野は迷った。理由は飲みに行く気分ではなかったからだが、せっかく先輩が気を遣ってくれたのを無下に断るのは申し訳ないと、誘いに乗ることにした。

「ありがとうございます。行きます」

「そうこなくちゃ」

百合が笑って星野の背をどやしつけ、視線を藤堂と篠へと向ける。

「どうだ？　久々に藤堂も、それに篠も、水嶋さんの店に行かないか？」

「悪いがこのあと会議が入ってしまった。早めに終わったらジョインする」

藤堂が淡々と答えた横で、

「それでは先に行っています」

と篠が藤堂に頭を下げた。

「ああ」

頷く藤堂に篠が「お待ちしています」と声をかける。

以前は篠は藤堂の影よろしく、常に行動を共にしていたのだが、最近は別々に動くことも多くなった。

一番の理由は唐沢の欠員で、ペアがローテーションとなったからだが、おそらくそれ以外にも理由はありそうだと星野は見ていた。

別行動をとることは多くなったが、藤堂と篠の繋がりは以前よりも濃く、強くなった気がする。まあ、以前から濃く強い繋がりではあったが、なんというか、二人の間に流れる空気が違うような気がするのだ、といつしか一人の思考にはまっていた星野は、

「さあ、行こう」

と百合に背を叩かれ、はっと我に返った。

「参りましょう」

いつの間にか篠も星野の隣に立っており、星野は慌てて「すみません」と謝ると、帰り支度を終えた二人を待たせまいと急いで机の上を片づけた。

三人が向かったのは築地《つきじ》にあるレストランで、オーナーは水嶋という彼らの先輩だった。

「おう、いらっしゃい」

警視庁を出る前に百合がこれから行く旨、連絡を入れていたからか、人気店ゆえいつもは人が溢れている店内に客は誰もいなかった。

「あれ、貸し切りにしてくれたんだ」

悪いね、と詫びる百合に水嶋が「いいさ」と片目を瞑《つぶ》ってみせる。

「何か込み入った話でもあるんだろ?」

そうじゃなきゃ、わざわざ電話はしてこまい、と水嶋はそう言うと、だから百合は電話を入れたのか、と納得していた星野に、

「姫宮はどうした?」

と問うてきた。

「あ、今日は……」

一緒じゃないのだ、と答えかけた星野の声に被せ、百合が大声を張り上げる。

「それよりマスター、まずはビールだ。あと、料理はお勧めを適当に。俺ら、腹、めちゃめちゃ減ってるもんで」

「任せろ。ビールはカウンターに出しておくから取りに来い」

百合の態度で水嶋は何かを察したらしく、そう言うとすぐに厨房《ちゅうぼう》へと入っていった。

「ビール、取ってきます」

一番後輩である自分が働かねば、と星野が水嶋のあとを追おうとする。が、百合がすぐ彼の腕を摑み、足を止めさせた。

「まあ、座れや」

「ビールは私が取りに行きますので」

百合が促す横で篠がそう声をかけ、カウンターへと向かっていく。

「すみません」

そんな彼の背に声をかけると星野は百合に勧められた席に座り、隣に腰を下ろした彼を改めて見やった。

「百合さん、なんでしょう？」

何か自分に話があるということだろうと思い尋ねた星野に、百合が逆に尋ねてくる。

「お前が、知りたいことがあるんだろう？」

「……あ……」

だから声をかけたのだ、と百合に言われ、星野はそういうことだったのか、とまたも納得したあまり一瞬言葉を失った。が、すぐに我に返ると、

「はい」

と頷き、何をどう聞こうかと考えを巡らせた。

「姫のことだろ？」

話しやすくするための配慮だろう、百合からそう問いかけてくる。それに救われ星野は、気になって仕方がないことを彼に尋ね始めた。

「姫が実家——というか、その、歌舞伎の家とはわけありだという話は以前から聞いていたんですが、今日の姫の動揺ぶりとか、あと、あの孝之助の態度を見ると、何がなんやらで……」

「あれには俺も驚いた」

百合が頷いたところに、篠が生ビールの入ったジョッキを三つ、テーブルまで運んできた。

「おう、サンキュ」

「すみません」

礼を言う百合と恐縮する星野に、

「いえ」

と篠は微笑むと席につきジョッキを取り上げる。

「ひとまずは乾杯か」

百合もまたジョッキを手にしたのを見て星野も同じくジョッキを取り上げ、三人で、

「乾杯」

とそれを合わせると、一気にごくごくとそれぞれが半分くらいまでを飲み、ジョッキをテーブルに下ろした。

「姫宮様と松澤家との間の確執は根深いものがあると聞いたことがございます」

話の口火を切ったのは意外にも篠だった。

「それは姫がその……愛人の子だからですか?」

尋ねた星野に篠が「それもありますが……」と相槌を打ったあと、あまり姫宮とは関係がないと思われる話をし始める。

「孝之助の祖父、人間国宝の坂上華王《さかがみかおう》をご存じですよね。稀代《きだい》の名優と謳《うた》われた人物です。やがて孝之助も華王を襲名するだろうと言われております」

「名前くらいは知っていますけど？」

なぜそこに、孝之助の――そして姫宮の祖父が出てくるのだ、と訝りながらも星野が答えると、篠は尚もその話題を続ける。

「華王の息子、孝之助の父親の孝好《たかよし》に襲名の話がいってもよさそうなものですが、そうはならなかったのは、こう申し上げてはなんですが孝好が華王に比べ役者としては極めて凡庸であったためという評判です。孫の孝之助もその器ではないと言う者も多くいます」

「……あの……」

そんな話が姫宮とどう関係してくるのか、と、我慢しきれず星野はつい口を挟んでしまったのだが、篠が、わかっております、というように微笑み告げた次の言葉を聞き、仰天したあまり店内中に響き渡るような大声を上げてしまったのだった。

「姫宮様は戸籍上は孝之助の父親、孝好の子となっておりますが、実際は祖父にあたる華王の息子であったという噂《うわさ》があるのです」

「なんですって⁉」

驚く星野に対し、実に淡々と篠がその『噂』の根拠を話し出す。

「姫宮様がお生まれになったときには、すでに華王は人間国宝となっておりましたので、外聞を気にし、息子の子ということにしたのではないかという話です。それが姫宮様と松澤家の確執の源ではないかと言われています」

「真偽のほどは明らかではない。が、華王没後に追い出されるようにして松澤家を去ったあたり、それが正解ってことかもな」

百合が頷きながら告げるのを聞き、彼もまたその噂を——おそらく真実を知っていたのかと星野は察した。

「技量も上なら舞台の上で映えるのも上。姫宮様には孝之助に比べ、圧倒的な華がありました。華王亡きあと、血筋のことが公になれば、次の華王には姫宮様が推されるやもしれない——松澤家はそれを懸念し、姫宮様母子《おやこ》との絶縁を図ったのでしょう」

「篠、お前、姫の舞台、観たことあるのか？」

呆然としている星野の前で、篠と百合の会話は進む。

「はい、旦那《だんな》様が歌舞伎をお好きだったので。舞台にまったく詳しくない私の目にも姫宮様は輝いて見えました。旦那様もたいそう褒めていらっしゃいましたよ」

「まあ、歌舞伎の世界と縁を切ったから今の姫があるんだろうが——」

百合が考え深げにそう言いながら星野へと視線を向ける。

「どうした？」

自分は何も知らなかった。そのことに対するショックの大きさから言葉を失っていた星野は、百合に声をかけられはっと我に返った。

「いや……俺………バディなのに……情けないですよ」

星野は弱音を吐くことをよしとしない。軟弱な魂は軟弱な肉体に宿るというのが彼の持論であり、こうも身体を鍛えている自分は心もまた鍛えねばならないという自戒だった。

その彼が思わず漏らしてしまった弱音は、本当に『弱音』という単語が相応しい、弱々しい声で告げられたものだった。

あまりの情けない声に、すぐに星野はいけない、と自分を取り戻すと、

「すみません」

と星野と篠に詫び頭を掻いた。

「バディなのに俺、姫のことを何も知らなかったなと反省していたところです。姫もそんな事情があっちゃ、仕事とはいえ歌舞伎の世界にかかわるのは嫌でしょうね」

「ああ。孝之助のほうは随分と姫を慕っていたようだがな」

百合がそう言い、ちら、と星野を見る。自分が無理をしているのを見抜いている先輩に対しやはり星野は虚勢を張り、会話を続けた。

「兄弟仲はよかったということでしょうか。でも姫のほうは腰が引けてましたよね」

「孝之助は姫宮様母子が家を出られたあと、舞台を暫く降板するほどのショックを受けておりましたので、おそらく兄弟仲はよかったのではないかと思われますが」

篠の言葉に星野は、なるほど、と頷き、昼間に見た孝之助の興奮した様子を思い起こした。

『良太郎‼』

姫宮の手を、二度と離すまいとでもいうようにしっかりと両手で握り締めていた孝之助は確かに、姫宮を酷く慕っているように見えた。

一方姫宮は——青ざめ固まっていたバディの顔が星野の頭に浮かぶ。

孝之助自身は関与していなかったにせよ、自分と母親を家から追い出した松澤家の人間に対するわだかまりがまだ姫宮の心にはあるのだろうか。

しかし普段の、実にさっぱりした男らしい彼の性格にはちょっとそぐわない気がするのだが、と思う星野の口からまた、思わず溜め息が漏れる。

自分は姫宮の性格を把握していたわけではないのか、という思いがつかせた溜め息だったのだが、それもまた女々しい、と星野は唇を嚙《か》み締めた。

「姫が知られたくなかったことをお前は追究しなかっただけだろう」

百合が星野の心を読んだことを言い、ぽん、と彼の肩を叩く。

「藤堂も今回は姫を外すと言ったし、我々も姫のことはひとまず忘れて仕事にかかろうぜ」

今夜は飲め、と百合が星野のジョッキにジョッキをぶつける。

「ワインにいたしましょうか」

篠が立ち上がって厨房へと向かっていく。百合にも星野にも気遣われていることを申し訳なく思いつつも、星野は己の心が沈むのをどうにも抑えられないでいた。

しかしそうも言っていられない。気持ちを切り替え、孝之助や米国国務庁副長官の警護にあたらねば、と自らを叱咤した星野だったが、翌日、新たな展開が待っていようとは、未来を予測する力のない彼にわかるわけもなかった。

3

「え……？」

翌朝、姫宮は藤堂に別室へと呼ばれたのだが、そこで告げられた信じがたい言葉に、思わず声を失った。

「先方のたっての希望ということだ。どうする？　姫宮」

藤堂が淡々とした口調で問いかけてくる。が、姫宮には藤堂の目の中に自分への心配の色があることがわかっていた。

「…………警視総監の奥様が豊田屋を贔屓にしているんでしたっけ」

確かそんな噂を聞いたことがある、と溜め息混じりに姫宮は尋ね、藤堂を見やった。

「それは気にするところではない」

藤堂が幾分憮然《ぶぜん》として姫宮を見返す。

姫宮が拒絶すれば、贔屓筋をコネに使った孝之助の依頼など断ってやると言いたいのだろうと察した姫宮は同時に、それが藤堂の立場をどれほど悪くするかということにもまた気づいていた。

「わかりました。依頼どおり、今日から坂上孝之助こと、松澤好一の警護につきます」

孝之助からの『たっての希望』とは、公演当日だけではなく、リハーサルをやる前日の今日から警護を頼みたいというもので、しかも警護につくSPに姫宮を指名してきたのである。

姫宮に告げる前段階で藤堂は警護部長に、今回姫宮はチームから外すつもりだと突っぱねたのだが、すぐに警視総監から先方の希望を通すようにという命令が下った。

それでも藤堂は突っぱねたが、警護部長より、姫宮本人に聞くだけ聞いてみてくれと泣きつかれ、姫宮を部屋に呼び出した。

了承の返事をした姫宮を藤堂は暫し見つめたあと、

「いいのか？」

と確認をとってきた。

「はい」

頷き、笑ってみせた姫宮は、自分の笑みが引きつっている自覚を持ち、内心舌打ちした。

それでももと役者か。個人的な事情で上司に気を遣わせてどうする、と姫宮は大きく息を吐き出し、改めて藤堂に対し頭を下げた。

「ご心配ありがとうございます。しかしすでに私の中では終わった問題ですから。SPとしてマルタイを守ることのみ考えます」

「そうか」

藤堂はあっさり頷いたが、姫宮の肩を叩く手は優しかった。

「警護は三時間での交代制とする。松澤家での警護からはお前を外す。これは先方からの申し入れだ」

「わかりました。ボス」

頷いた姫宮の肩を藤堂はもう一度、ぽん、と叩くと、

「それでは星野と共にT劇場に向かってくれ」

と指示を出した。


「強引だな」

すぐに姫宮は星野を伴い、星野が運転する覆面パトカーでT劇場へと向かった。運転席の星野は姫宮から話を聞くと、我がことのように憤慨したが、姫宮が「まあね」と苦笑してみせると、それ以上話を引っ張ることなく、この『強引だな』の言葉を告げたあとには口を閉ざした。

姫宮はちらと星野を見やった。星野が運転に集中しているように見えて、内心、あれこれと思考していることは表情を見れば姫宮にはよくわかった。

星野とバディを組むことが決まった際、姫宮は自分が梨園の出であることや、祖父が人間国宝であること、しかし梨園を酷い苛めで追い出されたことなどを語った。

ＳＰの仕事とは命をかけて警護対象を守るものであり、バディは互いに命を預ける関係となる。二人の間に隠し事があってはいけないという思いから姫宮は、聞かれるより前に自分の経歴を話し、星野の経歴もまた同じく聞いた。

すでに過去の話ではあるが、自分はともかく母親に対する酷い仕打ちを語るとき、当時を思い出したためにどうやら辛《つら》そうな表情となっていたらしく、星野は尚も詳しく語ろうとした姫宮を『もういいから』と制したのだった。

『梨園とはきっぱり縁を切り、今はＳＰの仕事に邁進《まいしん》している……それだけで充分だ』

歌舞伎とか全然わからないし、とおどけてみせた星野の気遣いに触れた瞬間、姫宮は、きっと彼とならうまくやっていけると——最高の『バディ』になれると確信したのだった。

その当時のことを思い起こしていた姫宮の頬《ほお》に、自然と笑みが浮かぶ。実際にバディを組んでみると、その確信が正しかったことはすぐにわかった。

陽気な星野は、何も考えていないように見えて、その場の空気が悪くなりそうになるとすぐに笑いを取る行動に出て雰囲気を和ませるという、実に気働きのできる男だった。

百合の前のバディが退職を余儀なくされたとき、ともすれば暗くなりそうだったチーム員たちの気持ちのもり立て役を買って出ていたのも星野だった。

自分の様子は今、自覚があるほどに普段どおりとはいえない状態である。バディの星野がそれに気づかぬわけもなく、昨日も案じてくれていたが、その気遣いを姫宮は態度で拒絶してしまった。

星野だから、というわけではない。誰にも踏み込まれたくない、否、踏み込ませてはいろいろと問題が生じる件なだけに、頑なな態度をとってしまったのだが、星野はそれを殊更気にして、それ以降は極力触れないようにしてくれている。

彼の気遣いはありがたかった。が、何も聞かないのは気遣いゆえで、本心では星野がいまだに自分を気にかけてくれていることがわかるだけに、姫宮は申し訳なさと同時に、頼むから気にしないでくれという願望を抱かずにはいられないでいた。

一人では抱えきれない問題ではある。が、同時にそれは誰かと分かち合うことはできない問題なのである。

言わずともきっと星野はわかってくれるに違いない。甘えだということは自分でも重々承知しているが、今は星野の優しさに甘えることを許してほしい。

心の中で姫宮はそう呟き、運転席の星野を見やった。ちょうど信号待ちだったために、星野が姫宮を見返す。

一瞬、二人の視線が絡まったが、姫宮が先に目を逸《そ》らすと、星野もまた前方へと視線を戻した。

ぎこちない沈黙が車内に流れる。

「そういや悠真は元気かしらね」

わざとらしいと思いつつ、姫宮はあえてまったく関係のない話題を振り、星野の反応を見た。

「この間絵葉書が来ていたな。能力開発に関しては暁光が見えたような見えないような……そんな内容だったか」

「予知能力なんて凄《すご》いわよね。持ちたいもんだわ」

「怖い気がするけどな」

上滑りの会話ではあったが、いつものようにポンポンと言葉のキャッチボールが続いていくことに姫宮は安堵《あんど》しつつ、わざと意地の悪い言葉を星野に投げかける。

「ランボーは本当に怖がりね。予知能力のどこが怖いのよ」

「超常現象はおしなべて怖いさ。とはいえ、悠真が帰ってきても怖がったりしないから安心してくれ」

「仲間は怖くないって?」

「まあ、そういうことだ」

頷く星野に姫宮が、それなら、と問いを発したのは、ほんの思いつきからだった。

「それなら、あたしが幽霊になったとしても、怖くないってことかしら？」

「え⁉」

姫宮としては軽口のつもりだったが、星野が慌てて急ブレーキを踏んだものだから、逆に驚き、

「何よ？」

と彼に問いかけた。

「死ぬ気……じゃないよな？」

星野がおずおずと問いかけてくる。彼の口調や表情から姫宮は、その問いが冗談でもなんでもなく、本気で自分を案じているものだということがわかり、思わず溜め息を漏らした。

「んなわけないでしょう。こんな若い身空で死ぬるもんですか」

まだ楽しいこと、何もしちゃいないのに、と口を尖らせてみせた姫宮の横で、星野が安堵の息を吐く。

「そうだよな」

「そうよ」

ばっかじゃないの、と悪態をつく姫宮は、心の底から苛立っていた。

「知ってる人間でも幽霊は怖いよ」

それを察したのだろう、星野があえて馬鹿話を継続する。

「ああ、そう、知っている人間が実は宇宙人だった、とかも怖い」

「あたしは宇宙人じゃないわよ」

苛立ちを悟られまいと、姫宮も会話に参加したが、声に棘《とげ》があったためか、話はそう弾まなかった。

「姫は幽霊や宇宙人じゃなくても怖いからな」

星野がわざとらしく笑い、会話が途絶える。

「実際、怖いのは幽霊でも宇宙人でもなく、実在する人間ってことね」

オチをつけようとし姫宮はそう言ったのだが、言葉にしてみると含蓄があるなと一人密かに頷いた。

松澤家の、母と自分に対する嫌がらせは実に凄《すさ》まじいものだった。姫宮は母の身の危険を真剣に案じ、家を出る決意を固めたのだったが、恐ろしいのはそれが杞憂《きゆう》ではなく、本当に殺されかねなかったところだ、と当時を思い起こしてつい身震いしてしまい、いけない、と慌てて気持ちを切り替えた。

才能がある、華がある。世間からの舞台の評判はよかったし、祖父である華王もまた、ことあるごとに素晴らしい、と褒め称えてくれていた。

が、実際自分にそのような天賦の才があったか否かとなると、自身では判断がつかない、というのが正直なところだった、と姫宮は心の中で溜め息を漏らした。

稽古は楽しかったし、舞台に出て観客の視線を浴びるのもまた、血湧《わ》き肉躍る高揚感があった。が、この道に生涯を捧《ささ》げようというほどの思い入れを抱くより前に、梨園を追い出された。

もしも祖父があと五年生きながらえたとしたら、自分はいまだに歌舞伎の舞台に立ち、役者としての人生を歩んでいたかもしれないという思いはある。

だがそれを望んでいるかと問われたら、自分は頷くか、はたまた首を横に振るか。どちらだろう、と姫宮は想像力を働かせかけたが、すぐに馬鹿馬鹿しい、と自嘲《じちょう》し、思考を打ち切った。

この世には『もしも』という展開は存在しない。過去に立ち戻り人生をやり直すことなど不可能なのだから、考えるだけ無駄である。

今、自分が就いているSPという職業には満足しているし、やり甲斐《がい》も感じている。人生の選択に後悔はない。

それでいいではないか、と姫宮は心の中で独りごち、まるで自分がそう思い込もうとしているようだと気づいて、なんともいえない気持ちになった。

だから歌舞伎の世界とは距離をおきたかったのだ。しかも孝之助がかかわってくると、更に憂鬱《ゆううつ》の種が増す。

早く明日が終わってほしい。結局昨夜《ゆうべ》、迷った結果、姫宮は孝之助に連絡を入れなかった。だからこそ彼は権力に訴えかけてきたのだろうが、となるとまだ彼の気持ちは変わっていないのか。

それもまた面倒だなと姫宮はついまた溜め息を漏らし、しまった、と唇を引き結んだ。横で星野の身体がびく、と震えたのがわかり、気づかれたのかと彼を見る。

「…………」

いつの間にか会話が途絶えていたが、星野のほうから声をかけてくることはなかった。やはりいまだに彼の気遣いは続いている。そのことにまた姫宮は軽い苛立ちを覚えたが、それが単なる八つ当たりだということも察していた。

信頼できるバディだからこそ許される八つ当たりだということにさせてもらおう、と姫宮はどこまでも星野に甘えることにし、この二日間が早く、そして無事に過ぎてほしいと密かに、そして熱烈に祈ったのだった。

T劇場に到着すると、入口にいた孝之助の所属する会社の若い社員が慌てた様子で姫宮と星野に駆け寄ってきた。

「ああ、よかった。孝之助さんが先ほどからお待ちです」

心底ほっとしている様子の社員を見るに、孝之助はよほど我々の到着が遅いと彼に当たり散らしたらしいと姫宮は察し、やれやれ、と心の中で溜め息をついた。

人柄は決して悪くないのだが、梨園の御曹司特有の傲慢《ごうまん》さが幼い頃から孝之助にはあった。自分の思いどおりにならないと酷く機嫌が悪くなり周囲の取り巻きに当たり散らす。

そんな彼も、自分にだけは気を遣い、決して怒りを露《あら》わにしなかった。今回も多分、楽屋を訪ねれば彼の機嫌もすぐ上向き、昨日連絡を入れなかったことを責めもしないだろう。

それがわかっているだけに、逆に行き辛い、と姫宮は思ったものの、そこは仕事と割り切らねばと自身に言い聞かせ、

「こちらです」

と楽屋へと案内する社員のあとに続いた。

星野はというと、相変わらず無言のまま、姫宮の横を歩いていた。横顔に言いたいことが溢れている気がしたが、姫宮はあえて気づかぬふりを貫き、自分から彼に話しかけることはしなかった。

楽屋にはまず社員が入った。続いて姫宮が足を踏み入れると、化粧を終えた孝之助が高い声を上げ姫宮に駆け寄ってきた。

「良太郎！　待っていたよ！　僕の警護を引き受けてくれたんだね。ありがとう‼」

「…………」

親愛の情をこれでもかと示してくる孝之助に対し、どのようなスタンスで向かい合えばいいのかと姫宮は一瞬迷った。が、やはりここはビジネスライクにいくのがいいだろうと判断し、口を開いた。

「あなたへの警護は我々のチームがローテーションを組み、二十四時間体制であたる予定です。何か気づかれたことがありましたらすぐお知らせください。それでは外で待機いたします」

よろしくお願いいたします、と一礼し、踵《きびす》を返そうとした姫宮は、

「良太郎！」

という悲痛な孝之助の声と共に腕を摑まれ、反射的にその手を振り払ってしまった。

「失礼しました。なんでしょう」

振り返った先に、酷くショックを受けた様子の孝之助の顔を見出し、慌てて姫宮は姿勢を正し孝之助に問いかけた。

「二人で話がしたい。十分だけ時間を貰えないか」

孝之助が真っ直ぐに姫宮の瞳《ひとみ》を見つめ、そう訴えかけてくる。

「勤務時間中ですので。それに間もなくリハーサルでは？」

確かそういうタイムテーブルだった、と思い起こしつつ姫宮が答えると孝之助は悲しげな

顔になり、首を横に振った。

「こんな状態では、舞台になどあがれない。良太郎、君が仕事中だというのは勿論よくわかっているけれど、十分、たった十分でいいんだ。誰にも邪魔されず、二人っきりで話をさせてはもらえないかな」

必死の形相の孝之助を前に姫宮は答えに迷った。断ればきっと孝之助は、リハーサルを拒否するに違いない。

彼の『阿子屋』が今回の公演の目玉である。リハーサルができなければあらゆる方面に迷惑が及ぶことになろう。

そのような『迷惑』は本来、姫宮が気にする必要はない。それはわかっていたが、やはり自分がその『迷惑』を引き起こした原因とされるのは嫌だという気持ちが勝り、不本意ではあったが孝之助の申し出を受け入れることとした。

「……わかりました。しかし五分でお願いします」

せめて時間を短縮させてくれ、と姫宮が孝之助を見返しそう告げると、孝之助の顔がぱっと喜びに輝いた。

「ありがとう！　良太郎！」

そう叫んだ彼は姫宮の手を両手で握り締め感謝の意を伝えたあと、視線を星野へと移し、

「外に出てくれ」

と命じた。

「…………」

星野が何かを言いかけ、口を閉ざす。とはいえ彼が孝之助の傍若無人な物言いにむっとした様子はなく、単に姫宮を気遣っていることは、その姫宮にはよくわかっていた。

「悪いけど五分だけ、いいかしら。あたしもすぐ任務につくから」

「ああ、わかった」

星野はまた何か言いかけたが、すぐに頷くと一人部屋を出ていった。

バタン、とドアが閉まる瞬間まで姫宮は星野の後ろ姿を見送ってしまっていたが、ピンと伸びたその背からはいかなる感情をも見出すことができなかった。

それでこそプロだ、とドアが閉まったと同時に姫宮は思わず感嘆の溜め息を漏らしてしまったのだが、孝之助にぎゅっと手を握られ、すぐに我に返った。

「良太郎！」

握られた手を強く引かれ、そのまま胸に抱き寄せられそうになる。

「やめてください」

やはり彼の中で、時は止まっていたのか――予想はしていたが、実際それが現実であることを思い知らされた姫宮の心に絶望が生まれた。

強く胸を押しやり、身体を離す。

「良太郎……」

拒絶に強いショックを受けている、その表情も十年前と同じだ、と孝之助を見返す姫宮の脳裏に、十年前、彼が松澤家を出る決心をつけた日の出来事が蘇《よみがえ》っていた。

祖父、華王こと陽元が自分の実の父であるということを姫宮が知ったのは物心がつく前であり、知らせたのはその陽元本人だった。

事情があって『お祖父《じい》ちゃん』になっているが、本当の父親は自分である。だから思う存分甘えなさい、と言われはしたが、見た目からして『お祖父ちゃん』である陽元の言うように、思う存分甘えることは幼い姫宮には抵抗があった。

人間国宝などという概念は、幼児には通用しない。なぜ母は若くて綺麗《きれい》なのに、父はこんなに年寄りなのだろう。そしてなぜ皆、この年寄りにぺこぺこしているのだろう。母もまた祖父——ではなく父に対し、酷く気を遣っていた。世に言う夫婦とはまるで違う、主人と使用人のような関係にしか見えない両親に対し、姫宮は常に違和感を抱いていた。

それでも陽元は姫宮を実に可愛《かわい》がってくれた。姫宮が三歳になるかならないかのうちに稽古をつけ始め、姫宮の中に才能を見出した後には陽元はより深い愛情を注いでくれるようになった。

自分の名を継ぐのはお前しかいない。お前は後生に名を残す名優になる。小学校に上がる前で、何を言われているかは理解していなかったが、陽元の期待値が高いことだけは姫宮も肌で感じていた。

同時に姫宮は、陽元以外の家族からの目が冷たくなってくることも感じていた。

陽元が自分を可愛がれば可愛がるだけ、対外的には父親とされている陽好も、そしてその妻の態度も頑なになっていった。

唯一、陽元以外で姫宮や彼の母に普通に接してくれるのは、義兄であり実際は叔父甥《おじおい》の関係にある好一だけだった。

稽古も通学も姫宮は一歳年上の好一と行動を共にしており、好一は姫宮の面倒をよくみてくれていた。

名門の子女が通う学校で姫宮は、愛人の子供ということで仲間外れにされたりもしたが、それを知ると好一は姫宮の教室までやってきて、主犯格の生徒を泣くまで脅し、二度と姫宮を苛めないと約束させた。

『良太郎は僕が守るから』

好一もまた、両親をはじめ、皆が姫宮母子に辛く当たるのを肌で感じていたようで、ことあるごとに姫宮にそう宣言し、実際、姫宮や母が何か酷い言葉を浴びせられたりすると、その相手に断固抗議してもくれていた。

歌舞伎役者として、世間の評価が自分よりも姫宮のほうが高くなったあとも、好一の態度は変わらなかった。

『良太郎は凄い。きっとお祖父様の名前を継ぐのは良太郎だよ』

誇らしいよ、と目を輝かせる好一は、心の底から姫宮の才能に敬意を払っていた。が、そんな息子の態度が彼の両親の姫宮母子への態度をより硬化させることについては、気づいていない様子だった。

陽元没後、姫宮母子への風当たりはそれまでと比べものにならないほど強くなり、姫宮の母はいよいよ身体を壊してしまった。

もう家を出るしかない。そうでなければ母は死んでしまう。そう思い詰める姫宮を慰めたのもまた好一だったが、その際好一は積年の想《おも》いを姫宮に告白し、彼を絶句させたのだった。

『好きなんだ』

姫宮が母ともども家を出ると告げたのがよほどショックだったらしい。頼むからそんなことは言わないでくれ、と姫宮に縋《すが》りつきながら、そう告白してきた。

『僕も好きだよ?』

兄としても頼りにしているし、同じ歌舞伎役者を目指す仲間としての友情も感じている。

誰より信頼し、誰より近いところにいる相手だと姫宮は好一に告げたのだが、好一の言う

『好き』は姫宮とは種類の違うものだった。

『愛しているんだ！』

好一に抱き締められ、そう告げられた姫宮は、自分も兄として好一を愛していると返そうとした。が、次の瞬間、唇で唇を塞《ふさ》がれ、愕然《がくぜん》としてしまったのだった。

十七歳の姫宮にとってはそれが初めての口づけだった。それゆえ彼は一瞬、自分の身に何が起こっているのか、判断ができずにいた。

そんな彼を好一は床に押し倒すと、唇を塞ぎながら身体をまさぐり始めた。

『やめて……っ……やめてください、兄さん……っ』

熱い掌《てのひら》が肌を這《は》い回る。悪寒が姫宮に、好一の行為の意味を悟らせた。

必死で彼の腕を逃れようと暴れる姫宮を押さえ込み、好一は尚も唇を重ねようとする。

『いけません！　僕たち、血が繋がっているのに……っ』

抗《あらが》い叫ぶ姫宮の耳に、思い詰めた好一の声が響く。

『愛している……っ……愛しているんだ……っ』

頬に当たるぬめる唇の感触は本当に気色が悪く、撥《は》ねのけようとしてもびくともしない腕の強さは姫宮の心に恐怖を呼んだ。

『やめてーっ‼』

渾身《こんしん》の力を込め、好一の胸を押しやる。それでも好一の身体はびくとも動かず、彼の手が姫宮の下着の中へと潜り込んできて、誰にも触れられたことのない彼の雄を握ってきた。

『いやあっ』

嫌悪感から総毛立った瞬間、姫宮に思わぬ腕力が生まれた。思いっきり好一の肩を突き飛ばした、それが突破口となり、好一が床に倒れ込んだ隙《すき》に姫宮は素早く起き上がると脱兎《だっと》のごとく部屋を逃げ出し、自室へと駆け戻った。

すぐに鍵《かぎ》をかけ、布団に潜り込む。

『良太郎！　良太郎！』

あとを追ってきた好一は執拗《しつよう》にドアを叩き続けていたが、気づいた彼の母親に近所に対し外聞が悪いと止められ、渋々自室へと戻っていった。

その夜のうちに姫宮は荷物をまとめ、松澤の家をこっそりと抜け出した。その頃母親は入院中であったのでその足で病院へと向かい、二度と松澤家には戻らなかった。

母の担当医は歌舞伎好きの若い医師で、姫宮のファンであったことが幸いし、彼の友人の弁護士に間に立ってもらい、姫宮と母は松澤家と絶縁した。

松澤家はよほど、姫宮母子ときっぱり縁を切りたかったらしく、姫宮も母も口にしなかった遺産の生前分与を提案し、赤坂の億ションと向こう三十年の管理費と修繕積み立て費の支払いを持つ旨を請け負った。

生前分与の条件は、姫宮母子が二度と松澤家とかかわらないことであったがその条件は姫宮にとっても、そして母にとっても好都合であったためすぐに話はまとまり、それ以降、姫宮と松澤家の関係は完全に途絶えた。

当時、姫宮は好一と同じ高校に通っていたが、すぐに転校の手続きをとった。好一は暫くの間、姫宮となんとかして接触を図ろうとしたようだったが、両親に止められたらしく姫宮の前に姿を現すことはなかった。

あれから十年の歳月が流れ、姫宮の中では歌舞伎は、そして松澤家は完全に過去のものとして整理がついていた。

が、好一の――孝之助の中では十年前から時が止まっていたのか――尚も手を伸ばしてくる彼に姫宮は改めて、

「立場をお考えください」

ときっぱりと言い切り、キッと目を見据えた。

「立場など関係ない。ずっと会いたいと思っていた良太郎に会えたんだ。話をしたい、触れたいと思って当然だろう?」

孝之助が熱く訴えかけ、姫宮の手を取ろうとする。

「私は松澤家とは縁が切れています。同時に我々の間での兄弟の縁も切れました。いわば我々は赤の他人です。あなたは松澤家の御曹司、私はあなたを警護するＳＰで、それ以上でも以下でもない関係です。それをお忘れなきよう」

またもその手を払いのけ、姫宮は一気にそれだけ言うと、踵を返し部屋を出ようとした。

「血が繋がっているんだ。縁など切れるわけがない！」

その腕を背後から孝之助が摑み、姫宮の足を止めさせる。

「切ったんです」

十年前に、と姫宮は振り返りもせず孝之助の腕を振り払った。

「良太郎、お前はこの十年、一度たりとも僕に会いたいとは思わなかったのか」

孝之助の悲痛な叫びが姫宮の背中に刺さる。

「僕は忘れたことなどなかったのに！　誰にも文句を言われない実力が身についたら、お前を迎えに行こうと思っていたのに！　お前にとっての僕は、本当に赤の他人なのか？　僕たちが共に過ごした月日は、お前の中ではもうなかったものになっているのか？」

「それは……っ」

過去を『なかったこと』にできないから、松澤家を出たのだ——その言葉が姫宮の喉《のど》もとまで出かかったがそれでは自ら蒸し返すことになってしまう、と口を閉ざした。

同時に、それが孝之助の狙いか、と気づき彼を振り返る。

「良太郎、僕は今でもお前を愛しているんだ……っ」

視線を捉《とら》えた途端、孝之助が一歩を踏み出し、姫宮を抱き締めようとする。

「聞きたくありませんっ」

堪《たま》らず姫宮が叫び、孝之助の腕を避《よ》けようとしたそのとき、姫宮が背にしていたドアがノックされすぐに開いた。

「失礼します」

姫宮も、そして孝之助もはっとして見守る中、開いたドアから顔を出したのは星野だった。

「なんだ！　失敬じゃないか！」

孝之助が激怒し声を張り上げるのに「すみません」と軽く頭を下げると星野は、

「姫」

と姫宮に目配せした。

「ボスから連絡が」

「わかったわ。すぐ行く」

頷く自分の顔が引きつっているのがわかる。助かったというのが正直な姫宮の心情だった。

短く答えると、

「良太郎！」

と叫ぶ孝之助に軽く一礼し、素早く部屋の外に出た。

ドアを閉めた瞬間、はあ、と思わず深く息を吐いてしまった姫宮は、すぐにはっと我に返ると、

「ボス、なんだって？」

と星野を振り返った。

「……悪い。嘘だ」

ぼそり、と星野が答え、じっと姫宮を見つめる。

「え?」

最初姫宮は、星野が何を言ったのか理解できなかった。それゆえ問い返した姫宮に対し、星野が心底申し訳なさそうに頭を下げてくる。

「六分過ぎても出てこないから、姫に何かあったのかと思って……」

「……そう……」

自分を案じての嘘だったのか、と察しはしたが、礼を言うことはどうしても姫宮にはできなかった。

礼を言うべきだとは勿論、姫宮も思っていた。だが『ありがとう』の言葉が出てこないのは、星野が気を利かせたその動機が、彼に自分の今おかれている、ある意味異常な状況の片《へん》鱗《りん》に気づかれたのではと案じたためだった。

触れてくれるな。気づいてくれるな。そう思うあまり姫宮は一言『そう』とのみ答えると、扉の脇の警護の定位置に立った。

「……姫……」

思い詰めた表情をした星野が、姫宮に声をかける。

「警護中、私語は禁止よ」

聞かれる内容はわかっている。姫宮が冷たく言い放ったのはそれを星野に言わせまいとしたためだった。

「すまん」

星野は相変わらず何か問いたそうな顔をしていたが、業務優先と口を閉ざし、姫宮と少し離れた場所に立ち姿勢を正した。

沈黙が二人の間に流れる。

この種の沈黙は仕事中は常に共有するものだったが、今日は殊更居心地《いごこち》が悪い、と溜め息を漏らしそうになる自分を、仕事に集中せねばと律しつつも、姫宮は己の心に宿るもやもやとした思いから暫く脱却できずにいた。

4

楽屋の扉は防音が完璧《かんぺき》ではない。

姫宮から『五分後に警護につくから』と言われ、一人ドアの外に立っていた星野の耳に先ほどから楽屋内の姫宮と孝之助の声が切れ切れに響いていた。

聞くまいと思っても、高い声は漏れ聞こえてくる。姫宮はあまり喋《しゃべ》っていないようだったが、孝之助の声はよく聞こえた。

『良太郎、僕は今でもお前を愛しているんだ……っ』

確かにそう聞こえた気がするのだが、気のせいだろうか——警護に集中せねばと思いながらも、耳に残るその声がどうにも気になって仕方がない、と、星野は本人に気づかれぬようにこっそりと姫宮を窺った。

心なしか顔色が悪い。そして集中力の高い彼にしてはめずらしく、心ここにあらずといった感じである。

やはりあれは聞き違いではなかったのか。しかし孝之助と姫宮は異母兄弟、もしくは甥と叔父の関係にある。男同士ということはさておいても、血縁関係にあるというのに孝之助は姫宮を『愛している』というのか。

それこそ家族愛としての『愛』ならわかるが、と星野はまたそっと姫宮から目を逸らすと、心の中で溜め息をついた。

姫宮はどう見ても精神的に追い詰められている。彼を楽にさせてやることはできないだろうか。それがバディとしての自分の役割なのではと星野は考え、交代時間に姫宮に切り出してみようと心を決めた。

それから三十分ほどして、孝之助のリハーサルが行われることになり、舞台衣装を身につけた彼が楽屋から出てきた。本番さながらの化粧をしている彼は、男の星野の目にも絶世の美女として映っていた。

「良太郎、どうかな。見た目は合格だろうか」

孝之助が真っ直ぐに姫宮を見つめ、問いかける。

「お似合いです」

俯いたまま姫宮は低く答え、頭を下げた。

「リハーサルは父も観るという。お前はこの場に留《とど》まったほうがいいね」

そんな姫宮の態度に孝之助は寂しそうな顔になったが、すぐに笑顔を作りそう告げると星野を振り返った。

「ちょっと事情があってね。リハーサルに警護はいらないから」

「しかし……」

それは困る、と星野は異を唱えようとしたが、孝之助は尚も、

「いらない！」

と言い捨てると、劇場の係員とそして数名の若い役者に囲まれるようにし、舞台へと向かっていった。

「マズいだろう」

星野が慌ててあとを追おうとする。が、それを姫宮は制した。

「いらないんですって。この場で待機しましょう」

「そういうわけにはいかない」

「いいのよ」

尚も追いかけようとした星野だが、姫宮が大きな声を出したのにはっとし動きを止めた。

「姫？」

「………」

どうした、と顔を覗き込むと今度は姫宮がはっとした顔になり、バツが悪そうに目を逸らす。

「……初めて演じる演目ですもの。舞台の邪魔をされたくないんでしょう。ここで待ちましょう」

「問題だろう。それは」

星野はそう言ったものの、顔面蒼白《そうはく》な姫宮が気になり、嫌がるだろうとはわかっていたものの、つい案じてしまった。

「大丈夫か？　真っ青だぞ」

「……大丈夫よ」

予想どおり、身を案じられた姫宮はむっとしたようで、ぼそりと答えるとふいと顔を背けた。

「なあ」

あからさまな拒絶が星野の躊躇《ためら》いを吹き飛ばした。今はそのような場合ではないという思いはあったが、今を逃せば問う機会はないだろうと、星野は改めて姫宮に問いかけ、真っ青なその顔を覗き込んだ。

「姫、お前、何を悩んでいる？」

「…………………」

姫宮が眉を顰め、顔を上げる。一瞬何かを言いかけたが、結局何も言わずにまた俯いた姫宮の口をなんとか開かせようと、星野は続けて声をかけた。

「お前の力になりたいんだ！　俺でよければ話を聞かせてくれないか？」

「……悪いけど、話したくないわ」

真剣な思いで告げた星野の言葉は姫宮の胸には届かなかったようだ。

星野の顔を見ようともせず告げる彼を見て、星野の中で何かが弾《はじ》けた。

「バディの俺にも話せないのか？　なんでも相談し合えるのがバディじゃないのか？」

堪らず叫び、星野は姫宮の肩を摑み揺さぶった。その手を姫宮が撥ねのけ怒鳴り返す。

「お願いだから放っておいてよ！　バディにも話したくないことだってあるのよ！」

「姫！」

言葉でもはっきり拒絶され、星野は思わず絶句し立ち尽くした。

「他人には踏み込まれたくない領域があるのよ。わかってちょうだい！」

勢い——だったと、あとから星野は納得した。が、姫宮がそう叫んだ瞬間、思わず彼も叫び返してしまったのだった。

「俺は他人か！」

「……っ」

姫宮がはっとした顔になり、口を閉ざす。

『そうよ』——その言葉を聞きたくなかった星野は、姫宮が再び口を開くより前に、

「孝之助を警護する」

と言い捨て、舞台へと向かって駆け出した。

姫宮は追ってこまい。そう予想していたが、実際姫宮が自分に声もかけず、そしてその場に留まったことに星野は強いショックを覚えていた。

やはり彼にとって自分は『他人』なのだ。言いすぎたと思ったのなら、すぐにフォローに走るだろう。

『他人に踏み込まれたくない領域はある』そういった感覚があることは勿論理解している。だが自分には姫宮から踏み込まれたくない領域など存在しない。

姫宮にもそうあってもらいたかったのに——星野が唇を噛み締めたそのとき、間もなく舞台裏に迫っていた彼の前方からどよめきが響いてきた。

何事だ、と急いで駆けつけた彼の目に、舞台袖《そで》で倒れている孝之助と彼の周囲に集まる大勢の役者やスタッフたちの姿が飛び込んでくる。その瞬間、星野は一瞬でもマルタイから目を離したことを心の底から悔やんだ。

「どうしました！」

駆け寄り、尋ねる星野に、その場にいた全員が、わからない、というように首を横に振る。

「それが……孝之助さんが舞台に出てこないので袖に来てみたら倒れていて……」

「おい、救急車！　救急車を呼べ！」

「警察はどうした！」

「何をやってたんだ！」

怒声が渦巻く中、星野はすぐに藤堂に連絡すべく携帯をポケットから取り出した。と、そのとき、

「あ！　孝之助さん！」

「大丈夫ですかっ」

どうやら孝之助が意識を取り戻したらしく、ざわめきが大きくなる。

「ちょっとすみません！」

星野は孝之助の周りに集まる男たちをかき分けると、ようやく身体を起こした孝之助の傍らに跪《ひざまず》き状況を尋ねた。

「どうされました」

「それが……いきなり後ろから突き飛ばされて」

「その人物の姿を見ましたか？　男でした？　女でした？　お怪我《けが》は？」

「見ていません……怪我は特に……ただ、倒れるときに足を捻《ひね》ってしまったようです」

突然のことにショックを受け気を失ってしまったが、身体的なダメージはそう大きくなさそうだと言う孝之助を見て、星野は安堵の息を吐いた。

救急車のサイレン音がやがて大きく響いてくる。

「何かあったの⁉」

その音を聞いたのだろう、姫宮も舞台袖に駆け込んできて、状況を見てはっとした顔になった。

「すぐに劇場の封鎖をお願いします。間もなく警察が到着しますので、皆さんその場を動かないで！　犯人がまだ劇場内に留まっている可能性がありますので！」

大声を張り上げながら、星野はちらと姫宮を見やった。先ほども真っ青な顔をしていた姫宮の顔色はますます白く、絶世の美貌を誇るその顔は苦痛でも覚えているかのように歪《ゆが》んでいた。

身体的な痛みではなく、心の痛みに――星野同様、なぜ孝之助の傍を離れたのかという自責の念に顔を歪める姫宮は、星野の視線に気づくことなくその場に立ち尽くしていたが、やがて天を仰ぐように上を向き、大きく息を吐いた。

「姫！」

責任を感じる気持ちは勿論わかる。が、今はすぐ任務へと意識を切り替えるときだ。呼びかける星野の声に、姫宮はびくく、と身体を震わせたあと、すぐにいつもの表情を取り戻した。

「会場内を見てくるわ」

一言言い残し、その場を立ち去ろうとする姫宮の背を孝之助が呼び止める。

「良太郎！　頼みがある」

「……すみません、今は……」

話を聞く時間的余裕はない、と姫宮は肩越しに孝之助を振り返り、短く詫びたあとに再び駆け出そうとしたが、その彼が足を止めざるを得ないような言葉を孝之助は投げかけてきて、姫宮ばかりか星野をも絶句させたのだった。

「僕の代わりに『阿古屋』を演《や》ってくれないかっ！」

「なんですって⁉」

驚いたのは姫宮と星野だけではなかった。その場にいた全員が驚きの声を上げ、わっと孝之助を取り囲んだ。

「何を言っているんだ、好一！」

後方にいた一人の男が、そう大声を出した瞬間、ざっと人垣が割れその人物の姿が現れる。

「…………」

姫宮が声を失う。彼の顔を見た星野は、その人物が誰であるかを察した。

「お父さん、『阿古屋』を演じられるのは良太郎しかいません。明日の舞台、僕の代わりに良太郎に務めさせてください」

「馬鹿な……！　そんなことができるわけがないっ」

激怒といってもいい大声に——孝之助と、そして姫宮の父とされる陽好の様子に、場の空気は一瞬凍りついた。が、孝之助はまるで怯《ひる》まず、父に訴えかけ続ける。

「明日の初日に穴を空けるわけにはいかないでしょう！　大丈夫、僕と良太郎はよく似ている！　舞台化粧をしたら観客からは見分けがつきません！」

「そんな……っ！　不可能だ‼」

陽好が激しく首を横に振る。

「お父さん‼」

そんな父に縋りつく孝之助を、その場にいた皆が呆然と見守っていた。星野は思わず姫宮へと視線を移す。

姫宮は立ち尽くしていたが、星野の視線を感じたようで、彼を見ると一瞬顔を歪めたもののすぐにすっと顔を背け駆け出していった。

「姫！」

星野はあとを追おうとしたが、二人してマルタイの傍を離れることはできない、とその場に留まる。星野の脳裏には立ち去る際に一瞬の間だけ姫宮が見せた歪んだ顔が——今にも泣き出しそうに見えたその顔が浮かんでいた。


警視庁からすぐに応援はやってきたが、劇場内に怪しい人物はすでに見当たらず、その痕《こん》跡《せき》もなかった。

リハーサルの今日、劇場の扉は開放されており、人の出入りも多かった。警備員は常駐していたものの、業者やマスコミ関係者などがひっきりなしに出入りしていたためにチェックはどうしても甘くなっていたとのことで、これという証言は得られなかった。

孝之助は本人の申告どおりたいした怪我ではなく、脳波等にも特に異常は見られなかった。捻挫《ねんざ》したという足もたいして腫《は》れてはいなかったが、舞台を務めるのは無理だと言い、代役を姫宮にと再三申し入れてきた。

「できません」

姫宮が孝之助の要請を退けたのは、ある意味当然といえた。まず彼は松澤家との縁が切れており、歌舞伎の舞台からも遠ざかって久しかった。十年も舞台を踏んでいない人間に、しかも最大級の難役と言われる『阿古屋』を演らせるわけにはいかない。

それ以前の問題として、演じられるわけがない——孝之助の父、陽好をはじめ彼ら親子が所属する会社の人間も皆して孝之助の要請には反対した。

何より姫宮が引き受けなかったのだが、孝之助は決して引かなかった。

「リハーサルだけでもやってみてくれ」

そもそも自分が襲われたときに、傍に警護の人間がいなかった。その責任をとれ、と孝之助は警察にねじ込んできた。

星野と姫宮は警視庁へと戻り、藤堂に呼ばれたのだが、チーム員が揃《そろ》ったその場で孝之助の言い分を藤堂が伝えてきた。

「舞台上の警護をいらないと言ったのは孝之助のほうです」

藤堂に星野は事実を伝えた。が、姫宮は星野の言うとおりだというような言葉は決して口にしなかった。

「………わかりました」

沈痛な面持ちで頷いた姫宮が一言「考えさせてください」という言葉を残し、部屋を出ていく。

「姫！」

呼びかけた星野の声は無視され、星野の目の前でドアは閉まった。

「ボス」

「先ほど、姫宮から報告を受けた。孝之助の警護にお前が向かうというのを自分が止めたと」

藤堂が淡々とした口調でそう言い、星野を見る。

「責任をとりたいのだろう。その必要はないと私も言ったが」

「………責任…………」

辞めるつもりだろうか——星野の頭に真っ先に浮かんだのはその考えだった。

「まさか、姫……」

「辞表は預かっている。が、受理するつもりはない」

やはり星野の考えたとおり、姫宮は辞めるつもりだった。自分になんの相談もなしに、とショックを受ける星野の耳に、先ほど言われたばかりの姫宮の言葉が蘇る。

『他人には踏み込まれたくない領域があるのよ。わかってちょうだい！』

やはり自分は姫宮にとって『他人』だったということだろうか。気づけば星野の口からは、深い溜め息が漏れていた。

「落ち込むな」

横から百合が星野の心を読み、ぽんと背を叩いて慰めようとしてくれた。

「……俺、言われたんですよ」

ぽろりと星野の口から、言うまいと思っていたはずの言葉が漏れる。

「なんて？」

問いかけてきた百合に星野が胸の内を打ち明けてしまったのは、それだけショックが大きかったためだった。

「……他人に口出しされたくない、みたいなことを、さっき姫に……」

「血縁関係にはないのだから、そういう意味では『他人』だろう」

話している相手は百合だったが、星野にそう声をかけてきたのは藤堂だった。

「ボス」

藤堂は滅多に人の会話に割り込んではこない。その彼が今、まさか入ってくるとは、とそのことにも星野は驚いたが、言われた内容があまりにクールであることにもまたショックを受け、息を呑んだ。

「確かにそうだが、他に言いようがあるだろう」

百合が呆《あき》れた口調でそう言い、肩を竦める。

「いえ、祐一郎様は……失礼しました、ボスはただ、姫宮様のおっしゃった『他人』は、そういう意味であるとご説明されたかったのかと」

横から篠が言葉を挟んできたのに、星野と百合は顔を見合わせた。

「家族間の問題に、家族以外に立ち入られたくはないというのは、その『問題』が深ければ深いだけ、または特殊であればあるだけ、家族ではない人間には理解されないだろうから――姫宮が言いたかったのはそういうことだろう。お前との間の信頼関係の濃い薄いとは関係ない」

藤堂はそれだけ言うと篠を一瞬振り返り、再び口を開いた。

「私と篠は共に育ったといってもいいが、血の繋がりはない。もしも篠が家族についての問題で悩んでいたとしたら、彼が打ち明けたいのであれば相談に乗る。が、彼が立ち入ってほしくないと言えば放っておく。それは篠も同じだ」

「…………」

藤堂は星野を真っ直ぐに見つめていた。星野もまた藤堂を真っ直ぐに見返す。

「複雑な家庭であればあるだけ、その思いは強くなる。姫宮のすべてを受け入れたいと思うお前の気持ちはわかるが、それなら立ち入ってほしくないという気持ちこそ受け入れてやれ」

「…………はい…………」

藤堂の言葉が星野の胸に刺さる。藤堂の家庭もまた、ある意味『特殊』であるだけに――著名な政治家の祖父や、日本を代表するグループ企業の総帥の息子という、非常に特殊な環境に育っているだけに、彼の言葉には説得力があった。平凡な家庭に育った自分と同じ感覚でとらえたことこそが誤りだったのだろうと納得すると同時に星野は、姫宮の場合は更に『特殊な』状況となっているのではないかということにも気づいてしまった。

『愛しているんだ！』

扉越しに確かに聞こえた孝之助の声が星野の耳に蘇る。

二人の関係性は星野の知るところではない。が、星野の目から見ても孝之助の姫宮に対する態度は異常だった。

酷い執着を感じる。もしや孝之助は姫宮に対して家族としての愛情を超えた愛情を抱いているのではないだろうか。そして姫宮はそのことを誰にも知られたくないと思っているのではないか。

もしも自分に異母兄がいて――この時点ですでに星野にとっては想像を絶する出来事なわけだが――その兄が自分に性的な意味で愛情を抱いていたとしたらどうか。誰にも、それこそ血の繋がった家族にすら気づかれたくないと思うに違いない。

本人に確認できることではないので、それが正しいか否かはわからないが、もしも正しかったとすると自分はあまりに無神経に姫宮に接してきたのではないか。星野はいつしか今までの姫宮に対する言動を猛省していた。

「見守るのもバディの務め――そういうこともある」

項垂《うなだ》れる星野の肩を藤堂はぽんと叩いてそう言うと、席へと戻っていった。そのあとに篠が続く。

「しかし気になることがある」

席に座ると藤堂は肘《ひじ》をついた手を口元へと持っていきながら考え考え話し始めた。

「テロリストが狙うのは米国政府の要人のはずで、歌舞伎役者ではない。なぜ孝之助は狙われたのか。テロリストの狙いはなんだ？」

「孝之助に姿を見られたと思った……とか？」

藤堂の発した疑問に百合が頭を捻りながら答える。

「実際は誰の姿も見ていなかったようですが、あり得ますね」

頷く篠の声に被せ、藤堂の冷静な声が響く。

「しかし孝之助に危害を加えれば明日の初日の公演が中止になる可能性が高い。公演が中止になれば副長官襲撃のチャンスは確実になくなるわけで、果たしてテロリストはそのようなリスクを冒すだろうか」

「普通は回避するだろう……うーん、なんだか匂うな」

百合が頷き、藤堂の顔を覗き込む。

「そもそも予告状が届いた先が孝之助ということからして不自然だ」

藤堂もまた百合に頷く。

「孝之助を調べたほうがいいな」

「しかしそれは我々の仕事ではない」

百合の提案を藤堂はきっぱりと退けたあと「だが」と言葉を足す。

「孝之助は今回、我々の警護対象者だ。背景くらいは押さえておくべきだな」

「そうこなくっちゃ」

百合が笑いかけ、その笑顔を星野にも向けてくる。

「行こうぜ。ランボー」

「はい」

頷く星野と百合に対し、篠が有意義な発言を口にする。

「豊田屋の後援会の重鎮に繋ぎがとれております。松澤一族についても詳しい上、ボスのお父様とは親しくしていらっしゃいますので、全面的に協力してくださるのではないかと」

「篠、手配がいいな」

藤堂が目を見開き彼を見る。

「出すぎた真似をいたしまして」

頭を下げる篠に藤堂が「いや」と笑顔を向ける。

「褒めたのだ」

「恐れ入ります」

篠もまた笑顔になり頭を下げる。篠は藤堂が何も言わずとも彼の意を汲《く》み準備を怠らなかったというわけか、と、星野は改めてこの、ツーと言えばカー、という以上の繋がりをもつバディの二人を見やった。

藤堂が求めているものがなんであるかを篠は正確に把握しているし、藤堂もまた、篠がわかってくれていると信頼している。

生まれたときから一緒にいる二人は、単なるバディという以上の関係にはあるが――姫宮の見立てではその上最近彼らは恋人同士になったのではないかということだったが――その姫宮といつか自分も、こうした強い絆《きずな》を結べるようになりたい。

星野の胸には今まで以上にその思いが溢れていた。

5

警視庁の屋上で姫宮は一人空を見上げていた。

『阿古屋を演じてほしい』

孝之助が――好一がそれを求めてきたと聞いた瞬間、姫宮は頭の中が真っ白になった。

『阿古屋』――祖父、実は父親であった陽元から習ったことのある演目ではある。陽元はなんとしてでもこの役を姫宮にやらせたかったようで、幼い頃から琴、胡弓、三味線の三種類の楽器の稽古をさせていた。

好一が稽古に参加したのは途中からだったが、それは好一の父、陽好の強い要望によるものだった。

陽元は最初、好一を指導するのを渋った。

『お前の息子に演じられるわけがない』

吐き捨てるように陽好にそう告げた場面に姫宮は偶然居合わせたのだが、聞いてはならないことを聞いてしまった気まずさに思わずその場を離れようとした。

『確かに私は凡庸な才能しかない。だが、好一は違います！　好一には天賦の才がある！』

背中で響く父の声には必死さが漂っており、その必死さに祖父が折れ、好一も稽古に参加することが決まった。

好一がようやく稽古に加わった後、父は稽古に常に立ち会ったのだが、祖父の態度が姫宮と好一で違いすぎる等口を出すので、すぐに稽古場から締め出された。

それまで、自分に対する父の態度を、姫宮は冷たいと思ったことがなかった。だが、稽古場を出る際、祖父ばかりか自分にもものすごく険しい視線を向けてきた父を見たその日を境に、父に嫌われていると自覚した。

実の子として育てざるを得なかった父の複雑な思いもわかるが、と姫宮は流れる雲を見上げ溜め息を漏らした。

『阿古屋』を演じる自信などない。だが好一は自分がリハーサルをやるまで執拗に要請し続けるだろう。

それに負けてリハーサルをやった場合、父は——陽好は一体どのようなリアクションをするだろうか。

激怒するだろうが、好一が言い出したとなると息子には甘い父のことだ、苦々しく思いつつも反対はしないだろう。

リハーサルをやった結果、自分の出来映えが酷ければ酷いほど、父は喜ぶのだろうなと思うとそれもまたやりきれない、と溜め息をついた姫宮は、落ち込んでいる自分がほとほと嫌になり、思考を打ち切った。

『阿古屋』のリハーサルをやり、恥をかけばいいだけのことだ。舞台を観れば好一も、自分の代役など務めさせたくはないと言うだろうし、下手な自分の演技を観て父も上機嫌になるだろう。

これぞ八方丸く収まるというものじゃないか、と姫宮は自棄《やけ》くそのようにそう考えると、了承の返事をするべく職場へと戻った。

室内には藤堂しかおらず、姫宮は戸惑いながらも彼に孝之助の申し出を受ける旨を伝えた。

「わかった。先方に伝えよう」

頷いた藤堂に姫宮は、

「あの、皆は」

とチーム員の所在を尋ねた。

「出ている」

藤堂の答えはシンプルで、取りつく島がない。そこで姫宮は席に戻ると携帯を取り出し、星野にメールを打った。

『今どこ?』

暫く待ったが返信はなかった。ということは任務中なのだな、と納得し、パソコンを机の中から取り出してメールをチェックする。

「…………」

チェックしたところ、明日の警護について変更の連絡は入っていなかった。今日、不審者が現れた件については、副長官にも報告がいっているはずだが、観劇を中止する予定はないようだな、と画面を見つめる姫宮の脳裏にふと、星野の顔が浮かんだ。

『俺たちは他人なのか』

彼は酷く傷ついていたようだった。八つ当たりもいいところだ、と猛省するあまり姫宮の口から溜め息が漏れる。

その音を聞きつけたのだろう、

「どうした」

と藤堂に声をかけられ、姫宮ははっと我に返った。

「すみません、なんでもありません」

何かそれらしいことを言おうかなと姫宮は一瞬考えたが——たとえば、なぜ副長官は観劇を中止しないのか、等の——藤堂に嘘をつく勇気はなく、かといって星野に対する態度を反省しているという真実を告げるのも憚《はばか》られ、曖昧《あいまい》に首を横に振った。

「『阿古屋』という演目をやるのは何年ぶりだ?」

そこで会話は途絶えるという姫宮の予想は外れ、藤堂が問いを重ねてくる。

「舞台で演じたことはありません。祖父に稽古をつけてもらったくらいで」

「人間国宝の華王か。確か彼が亡くなったのは十年前だったな」

「よくご存じで」

藤堂に知らないことなどないらしい。姫宮は素で感心し、目を見開いたあとに言葉を足した。

「亡くなる前、祖父は二年ほど伏せっていたので、最後に稽古をつけてもらったのはあたしが十五歳の頃なんですけどね」

「十二年ぶりになるな」

今度は藤堂が、めずらしくも少し目を見開き、感心してみせた。

「覚えているものなのだな」

「覚えてないですよ。リハーサルで立ち往生すると思います」

姫宮が肩を竦めて笑う。

「それ以前の問題として、楽器がもう弾けないと思いますよ。孝之助もわかってるでしょうに、何を考えているんだか」

「孝之助も華王に稽古をつけてもらっていたのか？」

藤堂が新たな問いを発する。

「はい。一緒に稽古しました」

事実を答えると今度藤堂は、姫宮が予測していなかった問いかけをしてきた。

「彼はこの難役をどう演じていた？」

「え？」

『どう』の意味が今一つわからず問い返した姫宮に、藤堂が淡々と意図を説明する。

「実力のほどはどうなんだ？　現在彼は若手では一番人気だが、人気先行という噂も立っているそうだ。祖父に似ているのは綺麗な顔だけだと酷評されることもあるとか」

「すみません。今の彼の舞台は観ていないのでなんとも……」

松澤家との絶縁以来、姫宮はできる限り歌舞伎の世界に背を向けて生きてきた。孝之助の舞台を観たこともない。が、メディアにも露出が多い孝之助の姿は見まいと思っても目に入るし、芸についての評判も聞くまいと思っても耳に入ってきた。

華王の名には相応しくない。器が小さすぎる——今のところ、そういった声が多いのが事実である。

だが孝之助はまだ二十代であり、そのような評価を与えるには早すぎる。今後経験を積んでいけばまた評価も変わるだろう。

姫宮は頭の中でざっと考えをまとめ、それを藤堂に伝えようとしたが、言うより前に藤堂は姫宮の表情から察したようだった。

「わかった」

頷いたところで藤堂の机上の電話が鳴った。

「はい」

応対に出た藤堂は数言喋るとすぐに電話を切り、それをなんとなく見ていた姫宮へと再び視線を向けた。

「T劇場から連絡があった。リハーサルは明日の朝九時から行うそうだ。本番が午後六時半からというのは変更なし。できるか?」

「……どうでしょう」

藤堂に対し、姫宮がイエスかノー以外の答えを返したことはなかった。藤堂が求めているのはその二つの答え以外ないことがわかりきっているためなのだが、にもかかわらず姫宮は今、『できます』とも『できません』とも答えることができなかった。

「………………」

普段であれば藤堂は『どちらだ』と問い詰めてくるであろうに、今回彼はそうは言わず、暫しの沈黙のあと、ただ、

「そうか」

と頷いただけだった。

「リハーサルには出ます。本番には出られるかどうかは自信がありません」

「今日はもう帰って休め」

藤堂が姫宮からすっと目を逸らし呟くようにそう告げる。

「…………ありがとうございます」

十年ぶりに舞台に立つ、その準備のために時間をくれるという藤堂の気遣いに感謝の意を伝えると、姫宮は机周りを片づけ席を立った。

「お先に失礼します」

「また明日」

藤堂の声に送られ、部屋の外に出る。

『頑張れ』

その言葉が出なかったのもまた、藤堂の優しさだろうと姫宮は大きく息を吐き出すと、気持ちを切り替え帰路についた。


翌日、姫宮はいつものように朝六時に起床し、シャワーを浴びた。

自分でもわかっていたが、昨夜はほとんど眠れなかった。夕方には帰宅したが、今、彼の手元には琴もなければ三味線もなく、加えて『阿古屋』の台本もない。そこまで何もないと、今更稽古もない気がして、結局姫宮はおさらいも何もせず、テレビを観たり本を読んだりして眠れぬ夜を過ごした。

九時からリハーサルということだったので、八時すぎにはT劇場に到着する必要があったが、早々に支度は終わってしまった。

今出ると、劇場に到着するのは七時半頃になる。それでも落ち着かない気分を抱えているよりはマシか、と姫宮はかなり早い時間ではあったが、マンションを出ることにした。

自家用車とタクシーと迷い、タクシーを選ぶ。マンションのエントランスを出た途端、彼の足は止まった。

「おはよう」

外に出るなり視界に飛び込んできた長身の男が——星野が、姫宮に笑顔を向けてくる。星野の手には車のキーが握られていた。

「送るよ」

「……ありがとう」

姫宮は一瞬断ろうとした。劇場に到着するまでの間、会話を持たねばならないと思うと憂鬱になったためだが、せっかくの好意を無にすることもないかと考え直し星野に礼を言うと、車寄せに停《と》めてあった覆面パトカーに乗り込んだ。

運転席に乗り込んだ星野は、姫宮の予想に反し、一言も言葉を発しなかった。そうなると逆に気になってしまった姫宮は、自分から星野に話しかけた。

「今日の警護はどうなっているの？」

「我々主体だが、田中班に応援を頼んだそうだ。本番中の姫の警護には百合さんと俺であたることになっている」

「本番ができればいいけど」

姫宮は本来、このような弱音を吐くつもりはなかった。極力会話はしないつもりであったのに、一体何を言っているんだか、と言った直後に肩を竦める。

「ごめんなさい、なんでもないわ」

忘れてちょうだい、と言い捨てた姫宮の声に被せ、静かな口調で告げられた星野の声が響く。

「姫は歌舞伎役者じゃない。警察官だろう」

舞台の本番を務める自信がないというのは、歌舞伎役者としての言葉だろう。警察官の姫宮が気にすることではない――星野の言いたかったことを察した瞬間、姫宮の肩から力が抜けた。

「まあ、そうよね」

微笑み、運転席の星野を見る。ああ、笑ってる、と姫宮は思わず己の頬に手をやった。

孝之助と再会して以降、笑うことを忘れていた。なのに今、自分はごく自然に笑えている。

これも星野のおかげか、と見やった先では星野が真っ直ぐに前を見つめ、運転に集中していた。

バディとはありがたいものだ——その思いがひしひしと姫宮の胸に溢れてくる。

勢いで『他人に踏み込まれたくない領域がある』と言ってしまったとき、星野は明らかに傷ついた顔をしていた。もしも自分が同じことをバディである彼に言われたとしたら、やはりショックを受けたと思う。

それなのにこうして自分を気にし、早朝からマンションに来てくれた。自分が触れなければおそらく彼のほうからは、今日の舞台について話しかけてくることはなかっただろう。

「……ごめんね」

ぽろり、と謝罪の言葉が姫宮の口から漏れる。

「え?」

星野が驚いた顔になり、ブレーキを踏んだ。急な動作に、姫宮の身体が前に投げ出されそうになったのをシートベルトが遮る。

「危ないわね」

「悪い」

いつもの癖で姫宮がきつい口調になると、星野もまたいつものように謝ってきた。

「安全運転で頼むわよ」

謝罪を誤魔化すようで気が咎《とが》めたが、再び謝るのは照れ臭く、姫宮はやはりいつもの調子を貫く。

「わかった。悪かったよ」

星野もまたいつものように答え、姫宮に笑顔を向けてくる。

「…………」

もういいから。姫の気持ちはわかっている――笑顔の意味はそうだろうと察した姫宮の頬もまた緩んだ。

「リハーサルだけやれって言うから来たけど、実際無理だと思うのよ」

すらすらと姫宮の口から言葉が零《こぼ》れていく。

「演目が変更になれば、副長官も観劇をキャンセルするんじゃないかしら。そうなれば警護も不要になるわね」

「仮に姫が演じられたとしても、今回の公演は孝之助の『阿古屋』のお披露目が目玉になっているんだろう？　その孝之助が偽物というのは相当マズいんじゃないか？」

すでに姫宮はこの話題を避けていない。それがわかったからか、星野もまた話に乗ってきた。

「マズいどころじゃないわ。お客さんは皆、それ目当てで来ているって言っても過言じゃないから」

「孝之助はバレないと思ったんだろうか」

ハンドルを握りながら星野が首を傾げる。

「化粧をして衣装をつければわからないって言ってたけど、絶対バレるわよ。声だって演技だって違うんだし。それに偽物とバレたら孝之助の立場どころか、豊田屋にとっても大問題になるわ。おそらくそんなことを父が許すわけないいんだけど」

さらりと告げたあと姫宮は、自分が『父』と口走ったのに気づき、言い直そうとした。すでに縁は切れているのだ、『父』ではない。

だが言い直せば、自分がいまだに絶縁に対し拘っているようにとられるかもしれない。それで躊躇《ちゅうちょ》してしまっていた姫宮の横から、星野が変わらぬ口調で話しかけてくる。

「彼らの所属会社としては、公演中止の方向で話を進めたいようだ。それから米国国務庁の副長官だが、彼は確かに歌舞伎好きではあるけれど、そもそも今回、孝之助の舞台を観るのは孝好の招待によるものだった。孝好は副長官と懇意にしており、いわば息子の舞台の宣伝の一環として米国国務庁副長官を招待したらしい」

「ということはテロ騒動があったにもかかわらず副長官が観劇をとりやめないのは、孝好が息子のために頼み込んでいるという可能性もあるってことね」

「充分あり得るだろうな」

頷いた星野に、先ほど『父』と口走った自分を気遣っている様子はない。そのことに安堵と、そして少しの物足りなさを感じている自分に姫宮は気づいていた。

甘えるのもほどほどにしないと、と心の中で苦笑し、話を続ける。

「だとすれば、その孝之助が立たない舞台を副長官に観せるわけがないわね。やはり中止になるんじゃないかしら」

「リハーサルのみやって？　あり得るな」

星野は大きく頷いたが、すぐに「しかし」と眉を顰めた。

「ならなぜ、リハーサルをやるんだ？　姫への嫌がらせか？」

「嫌がらせってことはないだろうけど……」

それは自分もわからない、と姫宮は首を横に振った。

「そこまで性格は悪くないと思うんだけどね」

「御曹司の我儘《わがまま》か」

「そんなところじゃないかしら。あとは舞台にどうしても穴を空けたくないとか……」

その話題もさらりと流れていき、話が本日の警護の状況へと移ったあたりで劇場が見えてきた。

「楽屋の入口は裏手だったな」

確認をとる星野に姫宮は頷きかけ、車の時計を見た。まだ七時半にもなっていないことを確認し、星野に声をかける。

「早く着きすぎたわ。コーヒーでも飲みに行かない？」

「え？」

星野が驚いたように姫宮を見る。

「いいのか？」

あえて早く来たのではないのか、と問うてくる星野に、いいのよ、と姫宮は肩を竦めた。

「落ち着かないから来ただけ。八時半頃入れば問題ないでしょ。それまでお茶しましょう。確か早朝からやってるコーヒーショップが表通りにあったわ」

「ああ、あったな」

行こう、と星野がハンドルを切る。

「お腹空いちゃったわ。ついでに朝ご飯も食べちゃおう」

「余裕だなあ」

二人して笑い、顔を見合わせる。家を出たときが嘘のようにリラックスしている自分に姫宮は満足すると同時に、こうもリラックスできるのもすべて星野のおかげだと、コインパーキングを探し周囲を見回す彼の姿を頼もしく見やったのだった。

姫宮が劇場入りしたのはそれから一時間後のことだった。

「一緒に来なさいよ」

車で待機をするという星野に声をかけ、二人並んで孝之助の楽屋へと向かう。

廊下ですれ違った数人の若い役者たちは、姫宮の姿を見ると、あ、という顔になったが、すぐに目を逸らし、そそくさと立ち去っていった。

「なんだか『腫れ物』ね」

姫宮が苦笑し星野を見たところで、二人は孝之助の楽屋に到着した。

「失礼します」

姫宮が声をかけ、扉を開く。

「良太郎！」

孝之助はすでに待機しており、姫宮の姿を見て満面の笑みとなった。

「さあ、早く支度をしよう」

うきうきと姫宮を鏡の前へと連れていこうとする彼の足首には包帯が巻いてある。痛々しくはあるが、そう腫れてもいないような、と姫宮が視線を向けているのがわかったのか、孝之助は少しバツの悪い顔になり自身の足を見た。

「昨日ずっと冷やしていたから、腫れは引いてきた。でもまだ正座が無理だ」

「そうですか」

言い訳がましいな、という思いが顔に出たのか、孝之助は少しむっとしたような口調で、

「とにかく、支度を」

と姫宮を化粧前へと連れていった。

「君、出ていてくれ」

姫宮を鏡の前に座らせると、孝之助は星野を振り返りぞんざいな口調でそう命じた。

「彼はあなたのSPです。昨日のようなことがないよう、室内で警護にあたらせます」

姫宮が鏡越しに孝之助を見つめ、きっぱりした口調で告げる。

「不要だ」

「実際、怪我を負われたではないですか」

孝之助は言い捨てたが、姫宮にそう言われると事実だけに何も言えなくなったようで、ふいと星野から目を背け姫宮の隣に座った。

「自分でやるかい？」

まだ腹立ちは残していたようだが、孝之助の口調は優しかった。

「はい」

姫宮が頷き「お借りしてもよろしいですか」と化粧前の上に置かれた白粉などを目で示す。

「やはり僕がやろう。僕と同じ顔を作る必要があるからね」

聞いたのは自分だというのに、孝之助は姫宮の答えが気に入らなかったのかそう言ったか

と思うと、

「まずは服を脱いでくれ」

　と傍らに置いてあった浴衣を差し出してきた。

「……はい」

　孝之助の瞳の中に一瞬、欲情の焔《ほむら》が立ち上った気がし、姫宮はぞっとしたものの、気のせいだと自分に言い聞かせ、浴衣を手に立ち上がった。

　部屋の隅で、孝之助に背を向け、服を脱ぎ始める。

　孝之助の視線を痛いほどに背に感じ、ボタンを外す指先が嫌悪から震えてしまう。と、そのとき背後で星野の凛々《りり》しい声が響いた。

「申し訳ありません。昨日のお話を今一度お聞かせいただけますか」

「なんだって？」

　星野の丁重な口調に対し、孝之助はどこまでも居丈高だった。

「昨日散々話した。それに別に今じゃなくてもいいだろう。化粧に集中したいんだ。話しかけないでくれ」

「姫宮はまだ着替え中ですが」

　星野が淡々と告げ、孝之助の反応を窺う気配が伝わってくる。

「どう化粧をしようかと考えているんだっ」

孝之助は星野を怒鳴りつけていたが、声に動揺が表れていた。この隙に、と姫宮は手早く服を脱ぎ、浴衣を身につける。

着替えながら姫宮は、星野は何をどこまで知っている、もしくは気づいているのかと考えを巡らせた。

孝之助の自分への劣情に気づいているのか。今、彼に話しかけたのは偶然か。舐《な》めるような目で着替えを見ていた孝之助を気味悪がり、声をかけたという可能性もあるか、と思いながら姫宮は孝之助を振り返り「支度が終わりました」と声をかけた。

「座ってくれ」

孝之助は明らかにむっとしていた。が、姫宮が傍に座るとすぐに笑顔になり、

「それじゃあ、やるよ」

と手ぬぐいを手渡してきた。

「化粧はリハーサルのあとにしませんか」

孝之助に肌を触られるのは厭《いと》わしくあったし、また、リハーサルを見れば彼も、自分に代役を務めさせようなどとは考えなくなるだろうという思いもあり、姫宮はそう孝之助に提案した。

「いいじゃないか。僕は早く良太郎の『阿古屋』の姿が見たいんだ」

孝之助はやる気満々だったようで不満げに口を尖らせたが、姫宮が、

「あまり時間もありませんし」

と言葉を足すと、渋々諦《あきら》めたようだった。

「確かに、もうすぐ時間だ」

八時四十五分を回っている時計の針を見上げ、孝之助は溜め息を漏らすと、

「それでは舞台に行こう」

と、先に立って楽屋を出た。彼のあとに姫宮は星野と並んで続く。

「……良太郎、実はね」

孝之助が姫宮を振り返り、話しかけてきた。が、星野の姿を見て、むっとした様子で口を閉ざす。

「なんでしょう」

人に聞かれて困るようなことではないでしょう、という思いを込め、姫宮が孝之助に問いかける。

「……実は……」

孝之助は、いかにも邪魔そうに星野を睨《にら》みはしたが、是非とも伝えなければならないことだったらしく、話を再開した。

「実はリハーサルに、父を呼んでいるんだ」

「…………」

その言葉を聞いた瞬間、姫宮の胸はどきりと嫌な感じで脈打った。

予想はしていた。だが実際に父と顔を合わせるかと思うと、やはり足が竦む思いがする、と姫宮は、父と最後に顔を合わせた日へと思いを馳《は》せた。

家を出る日、一応礼節は尽くそうと姫宮は父の元へと挨拶に出向いたのだが、父は姫宮を見ようともせず、ただ一言、

『これでようやく不快な思いをせずに済む』

と呟いたのみだった。

それまでも充分酷い仕打ちを受けてきたために、最後の最後がこれか、と、姫宮は思わずその場では笑ってしまったのだが、あとになってじわじわと父の言葉は姫宮の心を苛《さいな》んだ。

姫宮が父の子として育てられたのは何も、姫宮自身が望んだわけではない。姫宮の母もまた決して望んではいなかった。

すべて松澤家の都合であったにもかかわらず、そうも母と自分に辛く当たった父に対する怒りは、母が亡くなったときに最高潮に達したものの、その後何年も会わずにいるうちに次第に姫宮の胸の中で鎮まっていった。

しかし再び相まみえるとは思わなかった——自然と唇を噛んでしまっていた姫宮は、不意に手の甲に体温を感じ、はっとして顔を上げた。

「…………」

一瞬だけ、隣を歩いていた星野と目が合う。

手に当たったのは星野の手の甲だった。偶然ではなく、彼が意図して手と手を触れさせたということを、目を逸らす直前、自分に対し力強く頷いてみせたその表情から姫宮は察した。

大丈夫だ。何があっても支えてやる——何も言わずとも星野の目はそう語っていた。

事情など一つも説明する必要はない。が、心の支えが必要となったときには、手を差し伸べるのがバディだ。

軽く手と手が触れただけではあったが、姫宮の胸にはしっかりと星野の思いが届いていた。

「……頼もしいじゃないの」

ぽつり、とそう漏らした姫宮の顔は笑っていた。

「どうした?」

それを聞きつけ、前を歩く孝之助が姫宮を振り返る。

「なんでもないわ。行きましょう」

朗らかといってもいい口調で促す姫宮を、孝之助は信じがたいという面持ちで一瞬見やった。

「失礼しました」

口調が砕けてしまった、と姫宮はすぐに頭を下げ、口を閉ざす。

「…………いや……かまわないが……」

一体どうしたことだ、というように孝之助が姫宮の顔を覗き込む。

「参りましょう」

その彼を再び促す姫宮は、視界の隅で神妙な顔をして佇《たたず》む星野の姿に、今まで感じていた以上の心強さを覚えていた。

6

孝之助の先導で、星野は姫宮と共にT劇場の舞台へと向かった。

道すがら孝之助は姫宮に対し、少し言い辛そうな様子で、リハーサルには孝之助の父も立ち会うと告げ、それを聞いて姫宮ははっきりと動揺した。

そのとき、思わず星野は姫宮の手を握りそうになった。が、結局は握らず、姫宮の手の甲に己の手の甲を軽く当てるに留めた。

握るのを躊躇ったのは、孝之助の目を気にしたためもあったが、姫宮を必要以上にいたわるまいという気持ちが働いたのが大きかった。藤堂に諭され、相手のすべてを知ることが決して『心が繋がっている』ことではないと納得できた。

姫宮が誰にも知られたくないと思っている、心の奥深くにできた傷を気にするのはやめる。彼が話したくなった場合は勿論耳を傾けるが、そうでない限りは彼の心の中には立ち入らない。

理由も状況も知らずとも、姫宮が辛い思いをしているのは充分わかっているのだから、傍で彼を支えていればいい。

その思いがあの、手の甲に触れるという行為に表れたのだったが、姫宮には正しく伝わったようだ、と星野はさっぱりした表情で傍らを歩く姫宮をちらと見やり微笑んだ。

姫宮もまた微笑み返し、頷いてみせる。言葉は一言も交わしていなかったが、心はしっかりと繋がっている気がする。その思いがまた星野の頰を緩めかけたが、すぐに彼は緊張感を取り戻し唇を引き締めた。

舞台に到着すると、舞台上はすでに人だかりができていた。セットはまだ組まれていなかったが、姫宮が演じる『阿古屋』が弾くという三種類の楽器、琴、三味線、胡弓はすでに用意されていた。

「お父さん」

舞台袖から舞台に向かい、孝之助が声をかける。と、人垣が割れ、ちょうど琴の前に立っていた壮年の男が振り返った。

「…………」

星野もマスメディアで顔を知っている。坂上孝好だ、と察した瞬間、彼はつい姫宮のほうを見てしまった。

姫宮は青い顔をしていたが、孝好と目が合うより前に軽く頭を下げた。

「良太郎を連れてきました」

孝好もまた青い顔をしているというのに、息子の孝之助だけが、やたらとうきうきとした口調で父に声をかけ、ゆっくりと歩み寄っていく。

「これから良太郎に演じてもらいます。どうかじっくりと見てやってください」

お願いします、と孝之助が頭を下げたあとに姫宮を振り返る。

「良太郎、花道の出から、できるかい？」

「出は必要ない」

と、そのとき、低い、だがよく響く声が舞台の上に響き渡った。

「お父さん」

声を発したのは孝好で、彼の表情はこの上なく不機嫌そうに星野の目には映っていた。

「昨日、了承してくれたじゃないですか」

それまで上機嫌だった孝之助がむっとし、父に食ってかかる。雲行きが怪しい、と星野は察し、また、ちらと姫宮を見やった。姫宮は視線に気づいたらしく星野を見返し、こっそりと肩を竦めてみせる。

「別に観ないとは言ってないだろう」

孝好の視線は真っ直ぐに孝之助へと注がれており、先ほど一度姫宮を見やったあとには再び彼へと戻ることはなかった。

「それならなぜ……っ」

出は必要ないなどと言うのだ、と、孝之助が父に食ってかかる。

「『阿古屋』を演じるにはまず、楽器の演奏ができなければならない。それを先に見せてもらおうと言っているんだ」

孝好はそう言うと、視線を琴へと向けた。

「………」

これではまるで『阿古屋』の舞台そのものだ、と星野は篠から聞いた『阿古屋』の話を思い出していた。

『阿古屋』というのはそもそも『壇浦兜軍記《だんのうらかぶとぐんき》』の三段目であり、平家の武将の愛人であった阿古屋という太夫が、その武将の行方《ゆくえ》を追う源氏方の取り調べを受けるという場面である。

取り調べの方法として、琴、三味線、胡弓の三種の楽器を弾かせ、その音色に曇りがなければ『行方を知らない』という阿古屋の言葉に嘘はなかろう、という話運びとなっている。

『阿古屋の琴責』という俗称があるということだが、姫宮に楽器を弾いてみよと責める孝好はまさしくそれだな、と星野はゆっくりと舞台に向かっていく姫宮の後ろ姿を見つめていた。

「良太郎、まずは楽器だそうだ。それでいいかい？」

孝之助が、断られたらどうしようと、心配そうな表情を浮かべながら姫宮に問いかける。

「はい、結構です」

姫宮は淡々と答えると、琴の前に仁王立ちになっていた孝好に一礼した。孝好はふいと目を逸らし、ゆったりした歩調で琴の前から退く。

姫宮は琴を弾けるのか。以前は弾けたのだろうが、楽器というものはブランクがあると格段に腕が落ちると聞く。十年も舞台を離れていたという彼が果たして、以前どおりの演奏をすることなどできるのだろうか。

恥をかくだけで終わるのでは、と星野が心配して見守る中、姫宮は琴の前に座り、琴爪《ことづめ》を指にはめた。

「…………」

その瞬間星野の目は、姫宮の表情が変わった様を捉えた。今まで星野には見せたことのない顔になった姫宮が、すっと目を伏せ琴に向かう。

姫宮の真剣な表情なら、仕事中常に星野も見ていた。今も彼は真剣な表情をしていたが、今、姫宮が見せている真剣さは刑事として、ＳＰとしてのそれではなく、役者としての顔だった。

琴の音色が舞台上に響く。少しの迷いも、そしてよどみもなく弾き続ける姫宮の周囲でざわめきが走った。

「静かに！」

低い声でそのざわめきを制したのは孝之助であり、彼は食い入るような目で姫宮をじっと見つめていた。

見事としか言いようのない演奏に唖然《あぜん》としていた星野だが、孝之助の声にようやく我に返ると、彼以外の、姫宮を取り巻く人々の様子を観察し始めた。

舞台上には七名の歌舞伎役者と思われる若者と、孝之助、それに孝好がいた。皆が皆、孝之助同様、琴を奏でる姫宮を見つめている。

皆が唖然とした表情を浮かべる中、孝好だけが一人、顔面蒼白になっていた。彼が浮かべているのは恐怖の表情で、まるで幽霊でも見ているかのようである。

微かにその唇が動いたのを、星野は読み取ろうとした。孝好が俯きがちだったためにはっきりとはわからなかったが、彼が呟いた言葉はこれではないかという確信を星野は得た。

「それでは次に胡弓を」

曲がきりのいいところまでいくと、孝之助がそう声をかけた。舞台上に響くその声は、酷く掠《かす》れている。

姫宮が琴の前から今度は胡弓の前へと膝《ひざ》で進み、楽器を手に取る。彼は胡弓もまた見事に弾いてみせ、周囲をどよめかせた。

星野の見る限り、姫宮の顔に緊張の色はなかった。見ようによっては、音色を楽しんでいるような余裕すら感じられる。

自分の知らない姫宮がここにいる——胡弓に続き、三味線をも謳いながら見事に弾いてみせた彼を前に、星野は少なからずショックを受けていた。

星野に琴や三味線の技量を聴き分ける耳はない。が、孝之助や孝好の反応を見ると、姫宮がいかに素晴らしい演奏をしているかがわかる。技量こそわからないが、星野にも姫宮が奏でる楽器はそれぞれ、綺麗な、そして聴き惚《ほ》れずにはいられない音色だと感じた。

楽器を演奏する姫宮は、背筋をピンと伸ばした姿も綺麗なら、節目がちで楽器を弾くその顔もまた綺麗だった。

星野の脳裏に、かつて篠から聞いた話が蘇る。

篠は姫宮を舞台上で観たことがあるそうで、天賦の才があることがわかる、素晴らしい役者だったと言っていたが、その片鱗を星野は見た気がした。

一種の天才なのだと思う。SPとして、日々の鍛錬を姫宮が欠かしていないことは、星野がよく知っている。その上で琴や三味線の稽古をするのは時間的にみてまず無理だろう。

楽器を演奏するのも、役を演じるのも十年ぶりだという姫宮の言葉に嘘はないはずであり、大抵の人間は十年という長いブランクがあれば、以前と同じように演奏などできないだろう。

だが姫宮は、不可能と思われたことをいとも簡単にやってのけた。SPとしても充分すぎるほどに優秀な彼ではあるが、才能といった意味では『役者』のほうがより向いているのかもしれない。

いつの間にか呆然として舞台上の姫宮を見ていた星野は、姫宮が三味線の演奏を終えたことに気づかないでいた。

　パチパチというまばらな拍手の音が星野をようやく我に返らせ、拍手の主へと——孝之助へと視線を向ける。

「凄いよ、良太郎！　少しの衰えもない！」

　孝之助は目を輝かせながら姫宮に駆け寄っていくと、彼の傍らに膝をついて座った。

「これなら舞台を務められる！　やっぱり良太郎は天才だ」

　上擦《うわず》った高い声で孝之助はそう言ったかと思うと、立ち上がり、憮然とした表情のままの父、孝好へと向かっていった。

「お父さん、これでわかったでしょう？　良太郎は立派に僕の代わりを務めてくれます！　お父さんだって良太郎の実力を認めないわけにはいかないはずです」

「…………」

　孝好は無言で息子を見返した。やがて彼の視線が三味線を床に置いた状態でその場に正座していた姫宮へと注がれる。

　姫宮は俯いたまま顔を上げようとしない。彼の顔色は相変わらず悪く、白い頬はそそけだっているように見えた。

「お父さん！」

　無言の父に焦《じ》れたのか、孝之助が更に高い声を上げる。

「………無理だ」

孝好の視線が再び孝之助へと戻る。息子を見つめたまま孝好はぼそりとそう言い、ふう、と大きく息を吐いた。

「なぜです⁉」

孝之助が父に食ってかかる。と、父はいきなり孝之助の両肩を掴んだかと思うと、ぎょっとした顔になった彼の身体を強く揺さぶった。

「好一！　お前は……っ……お前は……っ」

「な、なんです……っ」

悲痛としかいいようのない声で叫ぶ父を、孝之助は戸惑いの目で見ていたが、続く父の言葉を聞いた瞬間、彼の顔からはみるみるうちに血の気が引いていった。

「そうまでして、舞台に立ちたくなかったのかーっ」

孝好が叫ぶようにして告げた言葉が、しんとした舞台の上に響き渡る。

「……な……なにを……っ」

顔面蒼白となった孝之助が何かを言おうとした。口元がひくひくと痙攣《けいれん》し、目が異様に血走っている。

もしや――ある疑いが星野に芽生える。彼の視界に入っていた姫宮もまた、はっとしたように顔を上げ、義兄と父を振り返っていた。

おそらく姫宮もまた自分と同じ『疑い』を抱いたのだろうと思っていた星野の前で孝好は、その疑いが正解であることを証明する言葉を口にしたのだった。

「脅迫状はお前の狂言だろう？　お前が……お前が公演を中止させる目的でテロリストからの脅迫状を捏造《ねつぞう》したことはわかっているんだっ」

「お、お父さん……」

父の言葉を聞いた瞬間、孝之助は雷に打たれたように全身を震わせた。

「ち、違います……っ」

震える声でそう言い、父に縋る孝之助に孝好は背を向ける。

「これ以上嘘を重ねるな……っ！　お前が口止めした弟子たちは皆、白状した」

「え……」

孝之助がはっとした様子で周囲の若い役者たちを見回す。皆が自分の視線を避けるように俯いたことで孝之助は、父の言葉が真実であると悟ったようだった。

「…………も、申し訳ありません……」

がっくりと膝を折り、その場に崩れ落ちた孝之助を父は一瞥し、口を開く。

「会社とも相談し、当面公演は中止と決まった。チケットの払い戻しも始まっている。会社には当然、お前の愚行は伝えていないが、このあと挨拶に行くぞ」

怒りを抑えた口調でそこまで告げた孝好だったが、項垂れたまま何も言えずにいる孝之助を前にいよいよその怒りを抑えきれなくなったらしい。

「本当になぜ、こんな馬鹿げたことをしたんだっ！　その上、今更良太郎に舞台を務めさせようとするなど、お前の考えていることはまるでわからん‼」

孝好の視線が、傍らで呆然と二人のやりとりを見ていた姫宮へと移る。

「お前が頼んだのか！　もう一度舞台に立ちたいと！」

憎々しげに叫ぶ孝好を前に、姫宮が一瞬言葉を失う。その間に孝之助が立ち上がり、姫宮を庇うようにして彼の前に立った。

「違います！　僕が……僕が勝手にやったことです！」

「……あり得ません」

その背後で姫宮が細い声ではあったが、きっぱりとそう告げ、立ち上がって孝好を見やった。孝好はすぐに目を逸らし孝之助を怒鳴りつける。

「お前がそんな馬鹿げたことをしたのは、『阿古屋』を演じる自信がなかったからなのか？　ならなぜ私にそう言わない！」

「何度も言ったじゃないですか‼」

孝好の怒声を孝之助の悲痛な叫びが遮る。

「……好一……」

まさに『逆ギレ』だと思いながら星野は、呆然とする父を糾弾し始めた孝之助に注目してしまった。

「僕は何度も言ったはずです！　まだ『阿古屋』を演じる実力など備わっていないと……楽器だってどれ一つ『できる』と胸を張れるような腕前ではないし、演奏に気を取られるから演技だって覚束《おぼつか》ない。お客様が満足いくような舞台を務める自信はないと、僕は何度もお父さんに言いましたよね？　そのたびにあなたはなんと返しました？」

「………」

ヒステリックに叫ぶ孝之助を前にし、父、孝好はすっかり言葉を失っている。そんな彼を孝之助は、それまでの鬱憤を晴らすかのような勢いで詰《なじ》り続けた。

「『華王を襲名するには、少しも早く阿古屋を演じる必要がある。阿古屋を演じられるのは若手ではお前だけだ。それをあたり役としていた華王の後継者はお前しかいないと世間に知らしめるために、今、演じる必要があるんだ』——そう言うばかりであなたは僕の言葉に耳も傾けなかった。客観的に見ても僕が『阿古屋』を演じることはまるでできていないというのに、そのことには目を瞑り、華王の生誕百年の年にちなんで、と、勝手に興行まで決めてしまった！　それればかりかマスコミの注目をより集めるために、アメリカの政府高官まで招待すると言い出した。そんなあなたに僕は何を言えばよかったんです？　言ったとしても絶対に聞き入れてはくれなかったでしょう？」

「だ、だからといって、テロリストを騙《かた》るなど、それがどれだけの問題になるか、お前だって大人なんだからわかるだろう！」

再び大声を張り上げた孝好に、孝之助が怒鳴り返す。

「そうでもしなければ舞台は中止にならなかった！」

「しかし……っ！」

孝好は一瞬言葉を失ったが、すぐにはっとした顔になると、更に怒声を張り上げた。

「しかしそれならなぜ、良太郎に代役をやらせようとした！　良太郎はもう、松澤家とは関係のない人間だ！」

「お父さんだってわかってるはずです‼　僕なんかより良太郎のほうが才能があるって！　華王の名を継ぐのは僕より良太郎が相応しい！」

「何を馬鹿な！　良太郎はもう歌舞伎の世界を離れて十年も経《た》つんだぞ！　今更そんなこと、誰が受け入れると思っているんだ！」

「だから……っ！　だから良太郎に『阿古屋』を演らせようとしたんだ！　この難役をできる若手は良太郎しかいない！　それが世間に認められれば、華王の名を継ぐことになっても誰も文句は言わないでしょう！」

「ちょっと待ってくれ！　勝手に話を進めてもらっては困る！　僕はもう、歌舞伎とは縁もゆかりもない身だ！」

激昂《げっこう》する親子の間に、割って入ったのは姫宮だった。

「代役を務めるつもりだってなかった！　リハーサルだけでいいというので演じただけです。今更歌舞伎の世界に戻るつもりなどありません！」

「なぜだ！　なぜ、そんな悲しいことを言う？　また一緒にやろうよ、良太郎！　お前には才能がある！　多くの歌舞伎役者が欲しても得ることができない才能があるんだ！」

今や孝之助は父を見ていなかった。姫宮を真っ直ぐに見つめ、必死で説得しようとしている。

だが姫宮は聞く耳を持たず、きっぱりすぎるほどきっぱりと、孝之助の言葉を退けた。

「やりません。私は今、警察官です」

「警察官としての良太郎の代わりはいくらでもいるだろう。だが、歌舞伎役者としてのお前の代わりは誰もいない！　華王を襲名するのはお前しかいないんだ！」

それまで星野は傍観者だった。が、孝之助のその言葉には口を挟まずにはいられず、気づいたときには星野は大きな声を張り上げてしまっていた。

「待ってください！　姫の代わりなどあり得ません！　姫は立派な警察官であり、立派なSPです！」

「…………ランボー…………」

姫宮に名を呼ばれ、星野ははっと我に返ると、突然会話に割り込んできた自分を厳しい目で睨み怒鳴りつけてきた孝之助へと視線を向けた。

「なんだ、お前は！　関係ない人間が口を出すな！」

「関係なくはありません。姫は私の大切な同僚でありバディでもあります」

「バディだと？」

その瞬間、孝之助の顔色がはっきりと変わったのを、星野は見逃さなかった。

「バディというのは『相棒』という意味だったな。何が相棒だ！　お前も今の良太郎を見ただろう？　三種の楽器を弾きこなせる歌舞伎役者などいない！　良太郎は警察などではなく、歌舞伎界に必要な人材なんだ！」

「勝手なことを言うな！　姫の意思はどうなる！」

堪らず叫んだ星野の声に、姫宮の高い声が重なって響く。

「ランボー！　もういいから……っ」

「姫っ」

何が『もういい』のだ、と問いかける星野に姫宮は大きく頷いてみせると、視線を孝之助へと向けきっぱりとこう言い切った。

「私は歌舞伎界を去った身です。二度と舞台に立つことはあり得ません」

「……良太郎……」

孝之助が泣き出しそうな顔になり、姫宮に縋る。そんな彼に今度は父、孝好が厳しく声をかけた。

「さあ、支度をするんだ。会社に挨拶に行ったあと、お前には『阿子屋』を演ってもらわねばならん」

「……え……？」

何を言い出すのだ、と孝之助が眉を顰め、孝好に問う。孝好は、はあ、と大きく息を吐き出したあと、溜め息を引きずるような口調で話し始めた。

「副長官が――カールが『阿子屋』だけでも観たいと言うのだ。公演が中止であるのならリハーサルを観たいと。忙しい中、スケジュールを無理に空けてもらったのはこっちなだけに、ノーと言えなかった」

「待ってください。無理です！　僕に『阿子屋』はできない‼」

孝之助はそう叫んだかと思うと、またも姫宮に縋りついた。

「良太郎、頼む！　代わりに演じてくれ！　琴や三味線だけじゃなく、台詞《せりふ》も動作も覚えているんだろう？　僕は無理だ！　たとえ観客が一人であっても、舞台の上で阿子屋になりきることなんてできない！　だから、だから良太郎……っ」

「無理です」

「好一、この期に及んでお前はまだそんなことを……っ」

姫宮の毅然《きぜん》とした声と、孝好の絶望が滲《にじ》んだ声が重なって響く中、孝之助がその場にずるずると崩れ落ち、膝をついた。

「僕にはできない……できないんだ……っ」

絞り出すようにして告げられたその言葉が、啜《すす》り泣く声が、しんとなった舞台の上に響き渡る。

孝好も姫宮も、弟子たちも、そして星野もまた声を失いその場に立ち尽くしていた。

「…………わかった…………」

暫しの沈黙のあと、孝好が重い口を開く。それまで項垂れていた孝之助が、はっとしたように顔を上げた。

彼の頬が涙に濡《ぬ》れていることに気づいた星野の横で、同じくそれに気づいたらしい姫宮がすっと目を伏せる。

孝好は息子、孝之助に、そして姫宮へと視線を向けたあと、またも、はあ、と大きく息を吐き出すと、忌々しげとしかいいようのない口調で、驚くべき言葉を告げた。

「わかった。今夜の『阿子屋』は良太郎に演じてもらう」

「なんですって⁉」

姫宮の非難の声と、

「お父さん‼」

孝之助の喜びの声がシンクロして周囲に響き渡る。

「ありがとう、お父さん！　ありがとう‼」

「僕は演りません！」

感極まって再び泣き出した孝之助を、真っ青な顔で拒絶の言葉を口にする姫宮を、そして二人の間で、鬼のような厳しい表情のまま立ち尽くす孝好を、星野は言葉もなく見つめることしかできずにいた。

7

なぜこんなことになってしまったのか――化粧前の鏡に映る、『阿子屋』の扮装をした自分の姿を前に、姫宮は大きく溜め息を漏らした。

鏡の中の傾城の白塗りの顔もまた、憂鬱そうに溜め息を漏らしている。それを眺めながらまた溜め息をつく姫宮は、昔から父は好一に甘かったのだった、と、幼い頃のことを思い出していた。

稽古場では厳しい顔を見せていたが、家庭内では好一に対し常に相好を崩していた父だった。好一のどんな我儘も聞き入れ、彼が欲するものは『欲しい』と本人が口にするより前に買い与えた。

父が唯一聞き入れなかった好一の『我儘』が、自分との絶縁だったわけだが、と、またも溜め息を漏らした姫宮は、決まったことをいつまでも憂鬱がるより今はすべきことがある、と考え直し、頭の中で『阿子屋』を花道の出からさらい始めた。

姫宮が好一や父の要望を受け入れ、米国政府高官の前で『阿子屋』を演じることになったのは、上司、藤堂の命令によるものだった。それがなければ姫宮は舞台に立つことを了承などしなかった。

今回のテロ予告が好一の狂言であったことはすぐに藤堂に報告を入れたが、藤堂はすでにそのことに気づいており、百合が裏もとっていた。

それなら任務は終了であろうと、姫宮は現場を引き上げようとしたのだが、その『狂言』が本物のテロリストの知るところとなったとの情報が入り、本当にテロが起こる可能性を否定できないという状況であるという。

引き続き今晩のT劇場での公演は警護の対象となり、事情説明を受けた藤堂は姫宮に対し、舞台の上から副長官を警護するようにという命令を下したのだった。

藤堂ははっきり言わなかったが、どうやら公安がこの機にテロリストの逮捕を狙っているようである、と、あとから星野が説明してくれた。

確かに観客が副長官とその側近のみという状況は、他の観客がいない分逮捕の網を張りやすい。公安としては公演の中止は避けたい。孝之助がどうしても舞台に立たないというのなら、代役ができる姫宮に演らせせろという意向を上層部を通じて伝えてきたらしい。

藤堂は姫宮に命じる際、拒絶も勿論聞き入れると言ってくれたため、最初姫宮は断ったのだが、電話を切ったあとに星野から事情を知らされ改めて藤堂に電話を入れ直した。

『やります』

相手は公安ゆえ、断れば藤堂の身にどのような圧力がかかるかわからない。姫宮はそれを案じたのだったが、藤堂は最後まで『嫌なら断ればいい』と盾になってくれようとした。

部下思いの上司の気持ちに応えねば、という思いから受けた代役であったのだが、孝之助は自分の頼みを姫宮が聞き入れてくれたのだと思い込みはしゃいでいた。

父親はあんなに苦々しげな顔をしていたというのに、と戸籍上の父、孝好の厳しい顔を思い起こしていた姫宮の脳裏に、先ほど星野から聞いたばかりの話が蘇る。

自分が舞台の上で琴を演奏し始めた際、父は顔面蒼白になりながらぽつりと、

『お父さん……』

と呟いたという。

自分の姿に、父、華王を重ねて観ていたのかと思うと、姫宮もまた複雑な思いに陥った。

姫宮の本当の父親が華王こと陽元であることは、松澤家では公然の秘密だった。人間国宝であった陽元は家長というだけでなくいわば松澤家にとって絶対的な存在であったため、戸籍上、あえて『孫』としていた姫宮を皆の前で、

『さすがワシの息子だ』

などと言っても、誰も咎めるどころか迎合していた。

陽好は、その父である陽元より、よくこう言われていた。

『同じ息子でもお前と良太郎では雲泥の差だ』

陽好は何も言い返しはせず、唇を噛み俯いていたが、傍にいる姫宮を見る目には憎しみが溢れていた。

姫宮から見ても、祖父——実父である陽元と、父、陽好の芸には確かに差があった。陽好は努力家であったから稽古不足ということはないはずなのだが、技巧面でも、見た目の華やかさでも、陽好は陽元に敵《かな》わなかった。

老いゆえ手足が息子よりも動かなくなっていても、陽元には舞台で人目を惹《ひ》かずにはいられない華があり、陽好にはそれがなかった。

努力だけでは乗り越えられない『天賦の才』というものがある。祖父と父の姿で姫宮は随分幼い頃からそう悟っていたのだが、自分にそれが備わっているか否かは、よくわからなかった。

祖父が自分を褒めるから、皆、それに迎合しているようにも感じられた。それを痛感したのは、祖父が亡くなったあとに、それまで自分を賞賛していた人たちの態度が掌を返したようになったからでもあった。

特に陽好の態度は、それまで以上に厳しく、そして冷たくなった。父は——年の離れた『兄』は自分を憎んでいる。かけられる言葉だけでなく、その眼差《まなざ》しからも姫宮は自分がいかに彼から憎悪されているかを感じ取ることができた。

その彼が、まさか自分に『阿古屋』を演じさせるとは思わなかった、とまたも溜め息を漏らした姫宮は、自分がいつの間にかこれから演じる役のことを考えるのではなく、思考の世界に立ち戻っていたことに気づき、やれやれ、と天を仰いだ。

楽器は演奏できた。台詞や動きも、衣装をつけるとなんとなく身体に蘇ってきた気がする。陽好が『阿古屋』を演じることがなかったのは、陽元から指導を受けられなかったためだけではなく、三種の楽器を自分のものにできなかったためもあると、姫宮は周囲から聞いていた。

それでもまだ姫宮が生まれる前までは、華王の名を継ぐのは自分だと、必死で練習していたらしいが、姫宮が成長するにつれ、父、陽元の期待が一身に姫宮に集まると、『阿古屋』を演じることを諦め、息子である好一に望みを繋いだという話も以前聞いたことがあった。真偽の程がいかほどかはわからないものの、陽好も『阿古屋』を演じたいと願っていたことは事実だろうし、自分の本当の息子、好一に演じさせたいと切望しているのもまた事実である。

それを、好一が言い出したこととはいえ、好一の代わりに自分が演じることになるなど、父的には許せないに違いない。

本公演ではなく、米国国務庁の副長官だけが観客である舞台ゆえ、渋々許可したのだろうが、華王亡きあと最初に『阿古屋』を演じるのは好一にしたかったはずである。

華王生誕百年の今年、彼のあたり役であった『阿古屋』を好一が演じ、将来の『華王』襲名の布石とする。自身の描いた息子の輝かしい未来予想図が崩れただけでも不快だろうに、崩した責任の一端が憎むべき自分にあるのが更に父の不興を煽っていることだろう。

なんとなく罪悪感を覚え、姫宮が何度目かしれない溜め息を漏らしたところで、ドアがノックされた。

「はい」

返事を待ち、開いたドアの間から顔を出したのは星野だった。

「副長官が着席した。席は一階、花道寄りのほぼ中央。副長官には演じているのは孝之助ということになっているそうだ」

「わかったわ」

姫宮が頷くと、それまで淡々と状況を告げていた星野が、なんともいえない表情となった。

「何よ」

どうしたの、と眉を顰め問い返す姫宮の前で、星野の頬に血が上っていく。

「いや、姫、綺麗だなと思って……」

「………」

まさかそんな言葉が星野の口から出るとは思わず、姫宮は一瞬声を失ったものの、すぐにからかってやろうという悪戯《いたずら》心が芽生えた。

「いくら綺麗だからって惚れないでよ？　あたしたちまでカップルになったら、藤堂チームのバディは三組全部カップルってことになっちゃうじゃない」

「え？　そうなのか？」

星野が驚いたように目を見開く。

「冗談よ、冗談」

実際姫宮は、百合と唐沢も、そして藤堂と篠も、仕事上の『バディ』であるだけでなく、正真正銘の恋人同士であろうと確信していた。

姫宮は色恋沙汰《ざた》には敏感であるという自負があり、大抵の場合は見立てを外したことがなかった。

一方星野は、鈍すぎるほどに鈍い。本人同士、隠すつもりはないらしく、あれだけミエミエに恋人オーラを発している百合と唐沢の関係にすら気づいていなかった。

藤堂と篠にしても、姫宮が『間違いない』といくら言っても半信半疑のようである。そうも鈍感であるのなら、と、以前姫宮は彼の恋愛遍歴を聞いたのだが、予想どおり高校時代に一人、大学時代に一人、短い期間付き合った女性がいるという、言ってはなんだが『華々しい』とはとてもいえないものだった。

容姿は抜群にいい上、運動神経も発達しており、頭もいい。性格は『特上』といっていいほどの気立てのよさであるから、本人がその気になりさえすれば、モテまくったはずである。

なのに星野曰《いわ》く、『学生時代はまったくモテなかった』とのことで、それはとりもなおさず彼が、自身を取り巻く女性たちの秋波にまるで気づいていなかったためではないかと思われた。

今も女性警官たちの熱い視線にまるで気づいていないのだから、と苦笑したあと、ふと姫宮の頭に、星野自身の恋愛は、今現在どうなっているだろうという考えが芽生えた。

星野は自分に隠し事をしない。何かの折に、ＳＰになってからは仕事一直線で、恋をする余裕などないと言っていたので、今も恋人はいないだろう。

付き合っている人はいなくても、好きな人くらいはいるのだろうか——ちょっと聞いてみたいな、と姫宮は思い口を開きかけたが、相変わらず赤い顔のまま目の前で佇んでいる星野を見やると、なぜか言葉は喉の奥へと呑み込まれていった。

「綺麗に見えるのは化粧のせいよ。あんただってこの化粧したら美人女形になれるわよ」

なんとなく居心地の悪さを感じてきてしまった姫宮は、会話はおしまい、とばかりに冗談で流すと、

「それじゃ、行こうかしらね」

と立ち上がった。

「テロリストのほうは？　何か動きがあった？」

『阿子屋』の出は花道からであるので、そのほうへと向かって歩きながら姫宮が隣を歩く星

野に問いかける。

「特にない。だがボスは必ず襲撃はあると断言していた」

「ボスが『来る』って言うんなら、確実に来るわね」

うん、と姫宮が頷いたとき、前方から走ってきた孝好の若い弟子が、

「あの」

と声をかけてきた。

「そろそろ出だそうです」

「わかったわ」

迎えに来たらしいその若者に姫宮は頷くと、

「それじゃ、またあとでね」

と星野に微笑み、若者のあとに続こうとした。

「姫」

星野の声がそんな姫宮の背を呼び止める。

「え？」

振り返った姫宮の目は、満面の笑みを浮かべ、親指を立てた右手をぐっと差し出す星野の姿を捉えた。

「頑張れ！　俺が見守ってるから！」

「あんたが見守るのは副長官でしょうが」

馬鹿ね、と笑って言い返しはしたものの、星野の笑顔が自分にこの上ない安堵をもたらしたことを、姫宮はしっかりと自覚していた。

久々に舞台に立つことになったためか、楽屋では鬱々としたことばかり考えてしまっていたが、心に立ち込めていた霧が今の星野の笑顔で一気に晴れた。

バディとは本当にありがたい存在だわ、と心の中で一人ごちた姫宮の胸に、一抹の違和感が宿る。

「？」

何かしら、と首を傾げたそのとき、

「あの……」

と細い声が響き、いつしか一人の思考の世界に遊んでいた彼の意識を戻した。

「はい？」

声をかけてきたのは、迎えに来てくれた若者だった。緊張の面持ちの彼を姫宮が見返すと、若者は再び、

「あの……っ」

と言ったきり沈黙してしまった。

「どうしました？」

何か言いたいことがあるらしい。もしやテロリスト襲撃に関する情報か、と姫宮は緊張を新たにしたのだが、若者の用件はまるで違うものだった。

「あ、あの……『阿子屋』、勉強させていただきます……っ。僕、僕、将来『阿子屋』を演じるのが夢なんです……っ」

「…………そう……」

緊張に声を裏返しながら告げた若者の言葉は姫宮にとっては、拍子抜け、ともいうべきものだったが、きらきらと輝く若者の黒い瞳や、紅潮した頬を見やった姫宮の口からは、ごく自然に言葉が零れていた。

「『阿子屋』を演じるには、まず三つの楽器をマスターすること。そこから必ず道は開けると思うわ。頑張って」

「……ありがとうございます……っ」

姫宮からの激励に、若者が感激した声を上げる。

こうして自分の——父が疎んでやまない自分の迎えにやらされるなど、この若者はいわゆる『直系』の血筋ではないのだろう。

よほどのことがない限り、いい役を与えられる若者は『御曹司』にほぼ限られるといっていい。『阿子屋』は殊更特別感がある役ゆえ、演じることができる人間はごくごく一部に限られることとなるだろう。

だからといって諦める必要はない。難易度が高い役は、その『難易度』を克服さえすれば、逆に可能性が開けてくる。だから頑張れ、という自分の気持ちが正しく伝わったと察することができる若者の笑顔に、姫宮もまた笑顔を返すと、

「行きましょう」

と彼を促し、出の場所へと向かった。

姫宮がスタンバイして間もなく、幕は開いた。

今夜の演目は『阿子屋』だけになったとのことで、客席のほぼ中央に座る副長官の隣には坂上孝好が座り、イヤホンガイドさながら舞台の解説をするという。

幕の間から客席を見やった姫宮は、副長官一行と、父、孝好の姿を確認し、これなら安全は図れるのでは、と密かに安堵の息を吐いた。

客席には彼らしかいない。上演中は客席の明かりを落とすが、ドア前には警察官が配備されており、芝居が始まってからの入場はできない運びとなっている。

万一、入れたとしても、客席のほぼ中央に固まっている彼らに近づけば目立ちまくり、劇場内にいるＳＰたちが見逃すわけがない。

藤堂は、テロリストは間違いなく来ると言ったそうだが、来たとしても行動を起こしようがないのでは、と姫宮が思ったあたりで、いよいよ彼の出となった。

登場は何より美しく——華王から教えられたとおり、絶世の美女たる『阿子屋』になりきり、シャッという音と共に開いた幕の間から一歩を踏み出す。

「ワンダフル！」

客席に他の観客がいないからだろう、副長官が高い声を上げ、席から立ち上がった。姫宮の視線が自然と彼を捉える。

薄闇《うすやみ》の中、目を輝かせ、拍手までし始めた彼は、姫宮演じる『阿子屋』の立ち姿に感動しているようだった。

ビューティフル、ワンダフルと繰り返す彼から目を逸らし、役に集中すべく花道の先にある舞台へと視線を向けようとした瞬間、姫宮の視界をきらりと光るものが過《よ》ぎった。

「……っ」

はっとし、再び副長官を見やった姫宮の目は、彼の背後にいた通訳が立ち上がろうとする姿を捉えた。その手に光るナイフが握られていることに気づいた姫宮は思わず大声を上げ、花道から飛び降りていた。

「危ない！　通訳がナイフを持っている‼」

「なんだとっ」

いきなり太夫姿の姫宮が叫び、それどころか花道から客席へとダイブしたため、副長官らはまずそのことに驚き目を見開いた。その副長官に通訳がナイフを振りかざした、その手を摑んだのは、客席近くに蹲って待機していた星野だった。

通訳の手からナイフが落ちる頃には、副長官の周囲を藤堂と百合、それに篠が取り囲み警護していた。

通訳がチッと舌打ちし、唾《つば》を吐く。

「連れていけ」

駆けつけた公安の刑事が、テロリストを引き立てていく。

『大丈夫ですか』

『お怪我は』

藤堂と篠が副長官に問いかけ、顔を覗き込む。

『大丈夫だ』

動揺はしていたが副長官は無事だったようで、そう答えたかと思うとやにわに顔を上げ、
と近くで様子を窺っていた姫宮に声をかけてきた。

『君！』

『はい』

なんだ、と目を見開くと、副長官が興奮した面持ちで駆け寄ってきて、姫宮の手を取る。

『ありがとう！　コウノスケ‼　あなたのおかげで危機を回避できた！　あなたは私の命の恩人だ！　コウノスケ、あなたは素晴らしい‼』

『あ、あの……』

コウノスケ、コウノスケ、と連呼され、姫宮はどう答えていいかを迷い言葉を失った。と横から藤堂がすっと現れ、副長官に向かい口を開く。

『副長官、彼は歌舞伎役者の坂上孝之助ではなく、警視庁警備部警護課の姫宮良太郎警部補です』

『なんだって⁉』

副長官が驚きの声を上げる背後で、話が違うと言いたかったのか、孝好が怒声を張り上げる。藤堂は彼を振り返り一瞥したあと、再び、唖然としていた副長官に向かい、それはきっぱりした口調で繰り返した。

『姫宮はれっきとした警察官――SPです』

「……ボス………」

藤堂の言うとおりだ――『阿子屋』の扮装をしている自身の身体を見下ろしながら、姫宮が心の中で呟く。

『信じがたい！　そっくりじゃないか！』

興奮した声を上げる副長官に、孝好が言い訳を始めている。そんな二人の様子を横目に、藤堂は姫宮へと近づいていくと、彼に向かい、さっと敬礼してみせた。

「ご苦労。いい働きだった」

「ありがとうございます」

姫宮もまた敬礼で応えたものの、袖が邪魔だ、と苦笑した。

「すみません、すぐ着替えてきます」

この状況では最早《もはや》、舞台を続行することはないだろう。それなら一刻も早くかりそめの衣装を脱ぎ捨て、本来の自分の姿に――SPとしての姿に戻りたい。

その思いが姫宮の声を弾ませ、動作を機敏にさせた。

「わかった」

頷く藤堂の顔にも笑みがある。

「失礼します」

姫宮は再び敬礼すると、歩きやすいように裾をさばきつつ、早足で劇場を出た。

「姫!」

楽屋に向かい歩いていると、背後から星野の声がし、追ってきたのか、と姫宮は足を止めて彼を振り返った。

「なに?」

「いや、褒めたいなと思って」

「何言ってんのよ」

馬鹿、と笑いながらも、姫宮はバディからの『賞賛』を気持ちよく受け止めていた。

「よく気づいたな」

「副長官が立ち上がってくれたおかげね。並んで座っていたままだったらおそらく、通訳はナイフを持っていたコート越しにでも突き刺したでしょうから」

確かコート、持っていたわよね、と確認をとった姫宮の横で、星野が目を見開く。

「よく、見ていたな。花道……だっけ？　あそこから客席までかなり距離があるだろうに」

並んで歩きながら顔を覗き込んできた星野に、

「案外、見えるものよ」

と姫宮は笑う。

「そうか」

星野は感心したように頷いたあと、しみじみと言葉を足した。

「ボスも言ってたけど、姫はやっぱり警察官なんだな。どれだけ役者としての才能があろうが、お前は正真正銘、警察官なんだ」

「…………ランボー…………」

それはまさに、姫宮が彼から言われたい言葉、そのものだった。

バディを組んでいる彼にこそ、自分が役者ではなく警察官と認めてほしかった。その思いをしっかりと受け止めてくれた星野の今の言葉に、姫宮の胸は熱く滾《たぎ》った。目の奥にも熱いものが込み上げてくる。

「……なんか、照れるな」

姫宮が涙ぐんでいるのがわかったのだろう、星野がわざとふざけたように笑い、頭を掻く。

「かっこつけてるんじゃないわよ」

男が人前で涙を見せるのは恥ずかしかろう。その配慮に乗らせてもらおう、と姫宮は涙に掠れた声で悪態をつくと、いつものように星野の背を力いっぱいどついたのだった。

8

テロリストが逮捕されればもう任務も終わり、と、いうことで、星野は姫宮と共に警視庁に戻るべく、姫宮が『阿古屋』の扮装を解くために向かった楽屋に同行した。

楽屋のドアの前で姫宮が星野を振り返る。

「ちょっと時間かかるから。先に戻っててもいいわよ」

「いや、待ってるよ」

遠慮する姫宮に星野がそう笑いかけると、

「またサボろうとして」

いつものように姫宮は揶揄《やゆ》しながらドアを開き、――その場に凍りついた。

「どうした？」

姫宮の肩越しに楽屋の中を覗き込んだ星野の目に、その場に立ち尽くしている孝之助の姿が飛び込んでくる。

「良太郎……っ」

孝之助が切羽詰ったような声音で呼びかける、その声を聞き、姫宮がびくっと身体を震わせる。

「聞いたよ。大丈夫だったかい？　怪我は？」

駆け寄ってきた彼が姫宮の両肩を摑む。そのときもまた姫宮が身体を震わせただけでなく、白塗りの化粧の上からでも青ざめたのを察した星野の身体が考えるより前に動いていた。

「怪我などはありません。姫宮の働きでテロリストは無事逮捕されました」

二人の間に割って入り、そう告げた星野を孝之助が睨みつける。

「なんだ、お前は！　関係ない人間は引っ込んでいろ！」

怒声を浴びせてきた孝之助は、鬼のような顔をしていた。人をとり殺しそうな顔というのはこういう顔か、という考えが星野の頭を過ぎる。

関係なくはない。自分は姫宮の相棒――バディである。そう主張しようと星野は口を開きかけたが、彼より先に姫宮が高く叫んでいた。

「関係はあります！　彼は私が誰より信頼している同僚であり、大切な友人でもあります！」

「……姫……」

思いもかけない姫宮の発言に、星野は一瞬唖然として彼を見やった。

「……良太郎……」

孝之助もまた愕然としたように姫宮を見た。暫しの沈黙が三人の間に流れる。

「……なぜだ……っ」

沈黙を破ったのは孝之助だった。今にも泣き出しそうな顔になり、姫宮に縋りつく。

「なぜ、そいつを庇う？　そいつは僕よりも大切な存在なのか？　十七年間、ずっと一緒に育ってきた……血の繋がった僕よりもお前はそいつを選ぶのか？」

「…………」

両肩を摑み、訴えかけてくる孝之助の手を振り払いながら姫宮が何か答えかけた。が、声を発するより前に孝之助は一段と高く、

「嫌だ！」

と叫んだかと思うと、姫宮を突き飛ばすようにして身体を離し、再び大声で彼を罵《ののし》り始めた。

「お前は僕と歌舞伎の世界で生きていく！　それがお前の運命《さだめ》のはずだ！　そうでなければお前がお祖父様の才能を一身に受け継いだ意味がないじゃないか！」

「……聞いてください、義兄《にい》さん」

姫宮がここで反論しようとしたが、彼の声はすでに孝之助の耳には入っていないようだった。

「華王の名を継ぐのはお前しかいない。お祖父様だっていつもそうおっしゃっていたじゃないか！　今回の件で、皆も納得したはずだ！　お父さんが何を言おうが関係ない！　お前は華王を襲名して、歌舞伎界を守り立てていく！　それがお祖父様から天賦の才能を受け継いだお前の使命のはずだ！」

「いいえ、僕はすでに歌舞伎役者ではありません！　ＳＰです！」

喚《わめ》き立てていた孝之助の言葉を、凜と響く姫宮の声が遮った。

「良太郎！」

孝之助がはっとした顔になり、口を閉ざす。彼の身体が、瘧《おこり》のように震え始め、ただでさえ大きな目が飛び出さんばかりに見開かれる。

狂気じみた顔だ、と思うと同時に星野は、このような表情を浮かべている人間がときに攻撃的な行動をとるケースを幾度となく見てきたと緊張感を新たに周囲を見回した。

幸い、危険な武器になり得るものはないようだ、と星野が確認している間に姫宮が口を開く。

「義兄さんも袖から見ていたでしょう？　先ほどの顚末《てんまつ》を」

「な……んのことだ？」

問い返す孝之助は、本気で姫宮が何を言おうとしているのかわからないようだった。ぎらぎらと光る目で姫宮を睨みながらも戸惑いの声を漏らした孝之助に姫宮が、

「先ほどの舞台です」

と言葉を続ける。

「見た。素晴らしい美しさだった。フィルムで観た若い頃のお祖父様さながらの、美しい立ち姿だった！」

孝之助が興奮した声を上げ、姫宮に笑顔を向けた。

「あんな、テロリストなどの邪魔が入らなければ、見た目だけじゃない、やはりお祖父様さながらの素晴らしい演技も観られただろうにと思うと、悔しくて仕方がないよ」

忌々しげに言い捨てた孝之助に対し、姫宮が静かな、だがきっぱりとした口調で話し始めた。

「僕がもしも役者で——歌舞伎役者であれば、義兄さんの言うとおり、何が起ころうが舞台を続けたことでしょう」

「……良太郎？」

何を言い出したのだ、と眉を顰める孝之助の声に被せ、姫宮が「でも」と話を繋ぐ。

「僕はそうはしなかった。副長官の身が危険に晒《さら》されているとわかった瞬間——薄暗い客席でナイフが光ったのを見た瞬間、舞台を捨て警護に向かっていました。もしも祖父があの場にいたとしたらおそらくこう言ったことでしょう。お前は役者失格だ、と——」

「良太郎、それは違う……っ。それは違うよ」

孝之助が急におろおろとし始め、首を横に振る。その直前、姫宮が祖父の名を出したときに彼が、はっと何かを悟った顔になったのを、星野は見逃していなかった。

孝之助は察したのだ——姫宮が選択した『運命』を。

その運命とは、と星野が姫宮を見やる。姫宮は星野の視線を感じたのか、一瞬だけ彼を見やった。

綺麗なその瞳は今、力強い意思の光を湛《たた》えている。その輝く瞳を姫宮は星野に向かい微かに細めてみせたあとに、再び視線を真っ直ぐに孝之助へと向け口を開いた。

「違いません。僕の選んだ道は役者ではなくＳＰなんです」

きっぱりと言い切った姫宮を前に、孝之助が絶望的な顔になる。

「……良太郎……」

「申し訳ありません」

尚も縋ろうとしてきた孝之助の動きを、姫宮は頭を下げることで封じると、暗に部屋を出るよう促した。

「着替えますので」

「…………」

孝之助はいまだにショックから立ち直れずにいるようだったが、姫宮が今度はストレートに、

た。

「着替えますので、楽屋を出ていただけますか」

と告げると、心ここにあらずといった顔のまま、よろよろとした足取りで楽屋を出ていっ
ドアが閉まった瞬間、はあ、と姫宮が大きく息をつく。

「俺も出ていよう」

孝之助を出したということは、自分にも部屋を出てほしいのだろうと星野は思い、そう声をかけてドアへと向かったのだが、背に響いた姫宮の言葉は彼の考えたものとは違っていた。

「別にあんたはいてもかまわないんだけど」

「え？」

なぜ、と振り返った星野の目の前で、姫宮が、しまった、という顔になる。

「なんでもないわ。すぐに支度するから、外で待ってて」

「あ？　ああ」

バツが悪そうに目を逸らし、早口で告げる姫宮の様子に、一抹の違和感を覚えつつも星野は頷き部屋を出た。

ドアを背に立ち、何気なく周囲を見回す。いるかな、と思っていた孝之助の姿はなかった。隣かその隣の楽屋にでも入ったのかもしれない。孝之助の行方に関しては、星野はすぐに興味を失ったものの、彼の言動についてはかなり気になっていた。

言動といっても全般ではない。勿論、舞台に立つ自信がないからと、偽テロリストの予告状をでっち上げるなどというとんでもない行動に出た彼の人間性には関心がないでもないが、星野が気にしているのは姫宮を見るとき、孝之助の瞳に異様な光が宿ることだった。

以前、楽屋から漏れ聞こえたあの言葉が聞き違いや幻聴という可能性もある。が、やはり星野には、孝之助が姫宮に対し、肉親の情を超えた想いを――恋愛感情を抱いているのではないかと思えて仕方がないのだった。

そしてその『恋愛』はプラトニックなものではなく、肉欲を伴うのではないか。その疑いも、星野は捨てきれずにいた。

普段の孝之助がどのような人物かを知る由はないながら、姫宮に対しては必要以上の執着を感じる。

姫宮の着替えを眺める目つきは尋常ではなかったし、と、リハーサル前の出来事を思い起こしていた星野の耳にふと、お前はどうなのだ、という己の声が聞こえた。

「……え……?」

自分にとって姫宮は一体どういう存在なのか。自分もまた姫宮に対し、仕事上の『バディ』という以上の執着を抱いてはいなかったか。

さすがに着替えを舐めるような目で見てはいないが、仕事のあと、共にシャワーを浴びる際に、彼の裸体に一度たりとも見惚れたことはなかったか。

『ない』と胸を張っては言えない。それどころか、スリムでありながら綺麗に筋肉のついた理想的な裸だとしばしば見入っていた記憶がまざまざと蘇ってきた。

淫《みだ》らな目で見ていたわけではない。単に感嘆していただけだ、と星野は一人心の中で呟いたが、その言葉があまりに言い訳じみて聞こえることに愕然とした。

今まで星野は同性を性的対象として見たことはなかった。『友情』という言葉で一括《ひとくく》りにするには強すぎる絆を学生時代の柔道部仲間と結んできた彼ではあるが、彼らと姫宮の位置づけは微妙に違う気がする、と、今更ながら星野は自覚していた。

柔道部の仲間も勿論、悩んでいたらその悩みの解決に手を貸したいと思うし、困っていたら手を差し伸べたいとも思う。

だがその気持ちは、姫宮に対するものとは少し違った。

柔道部の仲間に対しても、常に彼らが幸福であってほしいという思いを抱いているが、姫宮に対しては自分が彼を幸せにしたいという思いが強い。

彼と共にいることが自分の幸せにもなる、という思いもまた、他の友人たちに対する思いと異なっていた。

この感情は一体なんなのか。今、はっきりと星野は動揺していた。

仕事上のバディだから。誰より信頼関係を築かねばならない相手だから、気持ちが通じ合うことが必要だ。思えば今まで一度も姫宮に対してそのような感情を抱いたことはなかった。

仕事を離れて尚、気持ちを通じ合わせていたいと思う。この思いはやはり『友情』というのとは少し違う気がする。

もしかして自分も――狼狽《ろうばい》する星野の脳裏に孝之助の姿が浮かぶ。

姫宮が何も打ち明けてくれないと悩む己の姿はまさに、執着を露わにする孝之助そのものだったかもしれない、と溜め息をついたところで、星野が背を向けていた楽屋のドアが開いた。

「お待たせ。行きましょう」

中から出てきた姫宮が星野に笑いかける。

「あ、ああ……」

いつもと変わらぬ笑みだというのに、やたらとその笑顔が輝いて見える。意識し始めるともう駄目だ、と星野は慌てて姫宮から目を逸らした。

「何よ、ランボー。どうしたの？」

様子がおかしいことを敏感に察した姫宮が、眉を顰め顔を覗き込んでくる。

「なんでもないよ」

近く顔を寄せられ、またもどきりとしてしまった星野は、尚も顔を背けそのまま歩き出した。

「変なの」

姫宮が肩を竦め、星野のあとに続く。

「あー、お風呂《ふろ》入りたい。お湯で拭きはしたけど、なんかまだ白粉が残ってる気がするわ」

星野のすぐ後ろを歩きながら姫宮がぶつくさ言い出した。

「ねえ、おでこのとこ、まだ白粉残ってない？」

そう声をかけられ、星野が振り返ったのと、今通り過ぎてきたばかりの楽屋の一部屋のドアが勢いよく開いたのがほぼ同時だった。

「良太郎！」

叫ぶと同時に孝之助がものすごい勢いで姫宮にぶつかってくる。その両手にしっかりとナイフが握られていることに気づいた星野は、驚きと、そしておそらくはショックのあまりその場に立ち尽くしていた姫宮の身体を思い切り横に突き飛ばした。

「ランボー‼」

廊下に倒れ込みながら、姫宮が悲鳴のような声を上げる。姫宮を庇うのに精一杯で、身体ごとぶち当たってきた孝之助を避ける余裕はなかった。孝之助が両手でしっかりと握り締めていたナイフは今、星野の腹に刺さっていた。

「邪魔を、するなーっ」

孝之助が喚き立て、星野の腹からナイフを抜こうとする。もはや自分に姫宮を守る力は残っていない。抜かれたナイフが彼に向かうことだけは避けねば、と星野は力を振り絞り、決

して抜かせまいと孝之助の両手を摑んだ。

「はなせーっ」

孝之助の狂気じみた声が廊下に響き渡る。楽屋のドアが次々と開き、皆が顔を出しては仰天して大声を上げ、場は騒然となった。

「いい加減にしろっ」

そのとき、一際高い声が響いたと同時に、傍らに倒れ込んでいた姫宮が俊敏な動作で立ち上がり、孝之助を背後から羽交い締めにした。

「……ひめ……っ」

危ない、と星野が声をかけようとしたときには、姫宮は孝之助を星野から引き剝《は》がし、足をはらって床に沈めていた。

「良太郎……っ」

孝之助が泣きながら自分を押さえ込む姫宮を見上げる。

「星野を傷つける奴は誰だろうが許さない‼」

姫宮は厳しい目でそう告げたかと思うと、スラックスのポケットを探り取り出した手錠を素早く孝之助にはめた。

「何をしている！」

騒ぎを聞きつけたらしい孝好が駆けつけてきて、場の惨状を前に大声を上げる。その彼に

向かい姫宮は、

「すぐに救急車を！」

と叫ぶと同時に、倒れていた孝之助の胸倉を摑み、駆け寄ってきた孝好に向かって投げつけた。

「こ、好一、お前は……っ」

「良太郎！　良太郎！」

愕然となっている父の呼びかけは孝之助には届いていないようで、ただ姫宮の名を呼び続けている。

遠のく意識の下、その様子を見ていた星野は、真っ青な顔で駆け寄り、床に崩れ落ちた自分の身体を支えてくれた姫宮へと視線を向けた。

「ランボー！　しっかりして！　急所は外れているわ！　すぐ救急車が来るからっ」

自分よりもよほど倒れそうな顔色をした姫宮は今、両目からぼろぼろと涙を零していた。

大丈夫だ。これしきの傷で死ぬわけがない。そんなに動揺するな――笑ってやりたいが、ナイフの刺さった腹は痛みよりも燃えるような熱を感じ、少しも身体に力が入らない。

視界が次第にぼやけ、姫宮の泣き顔が霞《かす》んでいく。

姫は笑顔も綺麗だが、泣き顔も本当に綺麗だな――ぼんやりとそんなことを考えているうちに、星野の口元が微笑みに緩んだ。

「ランボー‼　しっかりしてってば‼」

それを意識の混濁ととったらしい姫宮が、泣き叫びながら星野を抱き締めてくる。

大丈夫だって。お前の服が血で汚れるだろう。俺は大丈夫だから――。

言葉にできた自信はない。ただ、姫宮の背を抱き返すことはなんとかできた。

慟哭《どうこく》に震える背に指先が触れたと同時に、先ほど彼が口にした言葉が星野の脳裏に蘇り、ますます口元が緩んでいく。

『星野を傷つける奴は誰だろうが許さない‼』

あの言葉は本当に嬉しかったよ――それを伝えようと姫宮の背を抱き締めようとしたのを最後に星野の視界は完全にブラックアウトし、そのまま彼は気を失っていった。


星野が次に目覚めたのは病院のベッドの上だった。

「ランボー‼」

目を開いた途端、視界に姫宮の顔が飛び込んでくる。

泣き腫らした目をした彼は、ずっと自分が目覚めるのを枕元で待っていたのだろうか――いまだ麻酔がきいていたため、ぼんやりした頭でそう考えていた星野は、再び姫宮が、

「ランボー、大丈夫？　大丈夫じゃないわよね？　痛む？」

と問いかけてきたのに笑みを浮かべた。

「それほど……麻酔がきいてるんだろうな」

「本当に……本当に…………もう…………」

星野が声を発した途端、姫宮の綺麗な瞳に涙が盛り上がり、ぽたぽたと彼が屈《かが》み込んでいた星野の寝るベッドへと滴り落ちた。

「……どうした……？」

何を泣くことが、と問いかける星野の声が掠れる。

上手く声が出ないのは刺された腹に力が入らないからと思われた。これしきの傷で情けない、と自嘲する星野は、姫宮が泣きながら自分の胸のあたりに突っ伏してきたのに驚き、思わず声を上げた。

「姫？」

「ごめんなさい……っ‼　謝って済むような問題じゃないけど、本当に……本当にごめんなさい……っ」

泣きじゃくり謝罪を繰り返す姫宮の涙を止めてやりたくて、星野はなんとか腕を動かすと姫宮の髪を撫でた。

「姫が謝る必要ないよ。別に姫が悪いんじゃないんだから」

「だって……だってあなた、あたしを庇って……っ」

涙に濡れた顔を上げ、姫宮が星野を見やる。

「姫を突き飛ばして、自分も避けるつもりだったんだ。ちょっと動きが鈍かった。鍛え方が足りないのかな」

星野がわざとふざけてみせたのは、少しも早く姫宮の涙を止めてやりたいと思ったためだった。

確かに泣き顔も綺麗だけど、姫宮には泣き顔より笑顔が似合う。彼が自分のために涙を流しているかと思うと、星野の胸は引き裂かれるような痛みを覚えた。

「何言ってるのよ」

だが意に反して姫宮の顔に笑みは戻らず、彼の黒い瞳にはまた涙が盛り上がり、瞬きをするたびに睫《まつげ》を濡らしながら頬を流れ落ちていく。

「泣くなよ、姫。たいした傷じゃないさ」

「たいした傷だったわよ！　あと数センチずれてたら危なかったって、先生が言ってたもの」

「そうなのか？」

相変わらず泣きながらそう告げた姫宮の言葉を聞き、星野がぎょっとした声を上げる。

「……ついてたな」

刺されはしたが、『死ぬ』という気は不思議としていなかった。

案外近いところに『死』があったのか、と改めてぞっとしていた星野を見て、姫宮が泣きながらも呆れた声を上げた。

「あんた……危機感なさすぎよ」

「確かに」

そのとおりだ、と頷いた星野を前に、姫宮がようやく笑顔を見せる。

「本当にもう……ランボーったら……」

だが笑ったのは一瞬で、彼の顔はくしゃくしゃと歪んだかと思うと、再び突っ伏し肩を震わせ泣き始めてしまった。

「お前が刺されたんじゃなくてよかったよ」

もしも姫宮が刺されたとしたら——あと数センチ、刺された場所がずれていたら死んでいたかもしれないと言われたとしたら、自分は絶対に冷静ではいられないだろう。

今の姫宮以上に動揺し、泣き喚くに違いない。そうならずに済んだことは本当に嬉しいのだ、という思いが星野の唇にその言葉を上らせた。

「馬鹿言ってんじゃないわよ……」

顔を伏せたまま姫宮が呟くようにそう言い、とん、と拳で星野の胸を軽く叩く。

「いて」

振動が傷に響き、星野がつい声を漏らす。途端に姫宮が顔を上げ、心配そうに問いかけてきた。

「大丈夫？　やっぱり痛いんじゃないの」

「いや、冗談だよ、冗談」

実際痛みは走ったが、姫宮の罪悪感を煽りたくなかった星野は、笑って誤魔化そうとした。

「…………ランボー」

だが姫宮は騙されはしなかったようで、ますます申し訳なさげな顔になり、じっと星野を見つめてくる。

長い睫の先が、先ほどの涙の名残《なごり》で濡れている。潤んだ綺麗な瞳を前に、星野の鼓動が高鳴り、頬に血が上ってきた。

「本当に……ごめんなさい」

赤い形のいい唇から、謝罪の言葉が漏れる。その唇が微かに震えている様にもまたどきりとしてしまった星野は、動揺を抑えようとあえて話題を振った。

「孝之助は逮捕されたのか？」

「ええ。テロ騒動については、父親が警視総監経由で圧力をかけてきたおかげで不問に付されそうだったんだけど、ナイフを振り回したことまではさすがに『不問』は無理ってことでおとなしく逮捕されたわ」

肩を竦めてみせながら、姫宮はそう告げたあとにまた星野に、

「ごめんなさい」

と謝罪した。

「だから姫のせいじゃないって」

星野は彼の謝罪を退け、尚も現況を聞こうとしたのだが、彼の言葉を姫宮は遮った。

「ううん、あたしのせいなの。あたしが中途半端なまま逃げさえしなければ、こんなことにはならなかった」

「姫……」

思い詰めた顔でそう言い出した姫宮に、星野は思わず声をかけた。

「聞いてくれる？」

姫宮がじっと星野の瞳を見つめながら問いかけてくる。

彼の顔色は悪く、そして逼迫《ひっぱく》しているような表情を浮かべている反面、何かを思い切れた顔をしているようにも星野は感じた。

「ああ」

今、姫宮は自分に『話したい』のだろう――姫宮が自ら打ち明けたいと思うそのときまで、無理に聞き出したり探ったりはすまいと決めていた星野は、今こそがそのときなのだと察し、大きく頷いた。

「ありがとう」

姫宮がにこ、と微笑む。少し強張ってはいたが、さっぱりとしたその笑みはやはり綺麗だ、と星野は輝くような姫宮の美貌に見惚れつつ、彼が再び口を開くのを待ったのだった。

9

星野が自分を庇い好一の凶刃に倒れたとき、姫宮ははっきりと自身の気持ちを自覚した。

もしも星野が死にでもしたら、好一への憎しみは生涯消えず、たとえ彼が裁判を受け刑期を終えたとしても、一生許すことなどできはしまいと思えた。

幸い、傷は急所を外れてはいたが、あと数センチずれていたら死んでいただろうと医師に言われ、ぞっとした。

SPという職業柄、自分や仲間の死についてはある程度の覚悟はできている——そのはずだった。

自分の命を捨ててでも警護対象者の安全を守る。それがSPの仕事である。

姫宮自身、常にその覚悟を胸に警護にあたっていたが、今日、目の前で腹を刺され、床に倒れ込んだ星野を見た瞬間、頭の中が真っ白になった。

彼が庇ったのがマルタイではなく自分だったから——ではなかった。たとえ星野が警護中に腹を刺されたとしても、同じ動揺に自分は襲われるに違いなかった。

彼が死んだら——この世からいなくなったら、一体どうすればいいのだろう。

母を、そして実の父を亡くしている姫宮だったが、二人とも長く患った上での死であったため、ある程度の心構えはできていた。

松澤家とは絶縁し、母が病死したあと、姫宮は天涯孤独の身の上となったが、そのことについて思うところは——寂しさとか、孤独からくる絶望感とか、そうした感情はまったく湧いてこなかった。

だが、星野が一歩間違えば死ぬところだったと聞かされたとき、姫宮の胸には猛烈な孤独感がひしめいた。

星野がいない未来は暗黒の闇に閉ざされているに違いない。寂しくて、悲しくて、泣き叫んでもその声を受け止めてくれる人間はこの世のどこにも存在しない。

そのような状況にならなくて、本当によかった、と麻酔をかけられ寝ている星野の顔を見ながら、姫宮はずっとそんなことを考えていたのだった。

なんの躊躇いもなく、凶刃の前に立ちはだかってくれた星野もまた、同じように自分を思ってくれているといい。そんなことも姫宮は考えたが、自分と違って友人の多い星野の未来は、自分を失った程度では暗闇には閉ざされないかと気づき、なんとなく寂しさを覚えたりもした。

いつも傍にいることが当たり前になっていた。この先もずっと傍にいてほしいと思う。

この気持ちは一体なんなのだろう――今まで誰に対しても抱いたことのない思いに戸惑いを覚えながら姫宮は、早く星野が意識を取り戻し、生命の危険から本当に脱却しているのだという証《あかし》を見せてほしいという祈りのもと、じっと顔を見つめ続けていた。

どれほどそうしていたことか、ようやく星野が目を開いたとき、姫宮は安堵のあまり泣きそうになった。

医師から命に別状はないと保証されてはいたが、実際星野が目覚めるまでどうにも安心できなかったのだった。

自分のために命を投げ出してくれたというのに、星野はさも当然のことをしたかのように笑ってみせた。

『刺されたのが姫じゃなくてよかった』

それればかりか、そうまで言ってくれた彼にはやはり、すべて事情を説明するべきだ。姫宮はそう考え、話を聞いてほしいと切り出した。

「聞いてくれる？」

「ああ」

星野の答えに迷いはなかった。力強く頷き、自分を見つめる彼の瞳はあたかもこう言っているかのように姫宮には思えた。

『なんでも受け止めてやるから』

自分の思い込みではなく、星野はそう思ってくれているに違いない。確信はあったが、やはり内容が内容であるだけに打ち明けるのには勇気がいり、姫宮は一瞬、言葉を選ぶために口を閉ざした。

星野はそんな姫宮を温かな目で見つめるだけで、催促もしなければ『そんなに話し辛いのなら話さなくてもいい』とも言わず、ただじっと見守ってくれていた。

包容力という言葉が何より相応しい星野の眼差しに勇気を得、姫宮は今まで誰にも——母親にさえ打ち明けたことのない秘密を、ぽつぽつと語り始めた。

「……どこから説明したらいいかしら……あたしは松澤陽好の息子じゃなく、その父親、人間国宝の陽元の子供だったの。祖父の体面を考え、父の子供として認知されたという噂は実は本当だったのよね」

姫宮はそう言い、ちらと星野を見る。星野が驚いた様子でないのは多分、誰か——藤堂や篠あたりから話を聞いていたのだろうと思いつつ、続きを話し出した。

「祖父はあたしに目をかけ、『華王』の名を継がせようとしていた。父はそうはさせたくなかったのよね。自分の実の息子である好一義兄さんに『華王』を継がせたかった。祖父に対しては日頃から『才能がない』と言われ続けて鬱憤も溜まっていたと思うわ。それで祖父が亡くなったあと、あたしと母親が家を出るように仕向けたの。一門こぞって嫌がらせをすることでね。あたしはまだ子供だったし、それに華王の血が流れているってことで、そこまで酷いことはされなかったんだけど、その分、母親に集中してね……精神的に追い詰められて身体まで壊してしまったのでもう松澤の家とは絶縁して家を出ることにしたの。母親はあたしを歌舞伎役者にしたかったみたいで、自分が不甲斐ないために申し訳ない、と随分詫びてくれたんだけど、あたしが家を出たかった理由は実はそれ以外にもあったのよ」

姫宮はそこまで喋り、はあ、と小さく息を吐いた。いよいよ本題にさしかかろうとしているために緊張感から唇が乾く。

驚かれもするだろう。嫌悪感を抱かれるかもしれない。それでも聞いてもらいたくて話し始めたことだ、と姫宮は唇を舐めて湿らせるとまた口を開いた。

「松澤家では父も父の正妻も、同居していたお弟子さんたちも皆があたしたちにとっては敵だった。外に出れば一門に関係している人間全員があたしたち母子に敵意のある目を向けてきたけど、そんな中で一人、好一義兄さんだけは常にあたしや母親を庇ってくれていたの。両親から何を言われようが、優しく接してくれていたわ。好一義兄さんの存在にあたしや母親がどれだけ救われていたか、言葉にできないくらい……でもいよいよ母親が参ってしまって入院することになったので、もう家を出るしかないと心を決めて、好一義兄さんに打ち明けたの。そうしたら………」

自然と姫宮の言葉が途切れる。これから告げる内容は、亡くなった母にすら打ち明けたことがなかったため、最後の躊躇いを姫宮は捨て切れずにいた。
が、自分を見つめる星野の瞳の光が彼の逡巡《しゅんじゅん》を瞬時にして打ち砕き、姫宮は小さく頷く
と淡々とした口調で話し出した。
「あたしが家を出ると言ったら好一義兄さんは取り乱して…………義兄さん、あたしのこと
が好きだって言ったわ。あたしだって好きだと答えたら、いきなりキスされて……。あたし
と義兄さんの『好き』の意味が違ったのね」
「…………」
星野が何か言いかけ、口を閉ざしたのがわかった。姫宮は彼に微笑み、話を続けた。
「確かに実の兄弟ではなかった。けど叔父と甥よ？　それ以前に男同士だわ。気持ちには応
えられないとはっきり拒絶したけど、義兄さんは聞いてくれなくて……。それが松澤家と縁
を切った本当の理由だった。母の入院先の先生が幸いなことにあたしのファンでね、弁護士
さんを紹介してくれて手続きはすべてその弁護士さんがやってくれた。それ以来、二度と義
兄さんにもお父さんにも会うことはなかった。会うのが怖かった。義兄さんのことは嫌いじ
ゃなかった。むしろ好きだった。一人として味方がいなかったあたしをいつも守ってくれた
し、それだけじゃなく、やっぱり血の繋がりがあるからかしらね。一緒にいると気が休まっ
た。この世でたった一人、心を許せる相手だと思っていたのよ。義兄さんの想いを聞くまで
は……」

でもねえ、と姫宮が溜め息をつく。

「いくら好きでも、キスしたり、抱き締められたり……それに…………それ以上の関係を義兄さんは求めてきたの。でもあたしには無理だった。だから二度と会わない道を選んだの。義兄さんは長いこと納得しなかったみたいだけど、両親に阻まれてあたしに会いに来ることはなかったわ。この先二度と会うことはあるまいと思っていたのに、今回期せずして再会することになった。もう何年も離れ離れになっていたから義兄さんの気持ちもあたしから離れているとばかり思っていたけど、あの人の中で時は止まっていたみたい。まだあたしのことが好きだと告白されたの」

姫宮はそう言い、星野に向かって肩を竦める。

「驚いたわ。しつこいにもほどがあるわよね。勿論、断ったわ。でも義兄さんは諦められなかったみたいで、それで刃傷沙汰になったみたい。お芝居の世界じゃないっていうのに、本当にあの人は何を考えているんだか……」

はあ、と溜め息をつき、姫宮が言葉を発することなく自身を見つめていた星野に向かい、肩を竦める。

「でもそのせいでランボーに傷を負わせてしまったことは本当に申し訳ないと思っているわ。そもそもあたしが家を出る前に、きっぱりと義兄さんの気持ちを退けなかったのが悪い。逃げ出すのではなく、誠心誠意向かい合うべきだったんだわ」

姫宮はそう言うと改めて星野に深く頭を下げた。

「本当にごめんなさい。謝って許されることじゃないとはわかってる。それでも謝罪だけはさせてほしいの。マルタイでもないのに庇ってくれて本当にありがとう。この責任はとるつもりでいるわ」

「まさか辞職するつもりじゃないだろうな」

星野の言葉に姫宮はびく、と身体を震わせた。

退職の意思は、義兄である好一が自分を歌舞伎界に引き留めたいと思うあまり、警護すべしと警視庁に圧力をかけてきたときから固めていた。

「これだけ迷惑をかけたんだもの。辞職は免れないわよ」

ふふ、と姫宮は笑ってみせたが、実は彼自身、警察を辞めたあとのことについては何も考えていなかった。

数ヶ月は脱力するだろう。問題はそのあとだが、現状、姫宮は自分が警察を辞めた場合、日常がどんなふうに過ぎていくのか、まるで想像がつかなかった。

生き甲斐を失い、呆然となるのだろう。だがこのまま勤め続けることはコンプライアンス上不可能に違いない。

新たな人生における『やり甲斐』を見つけるには、どれほどの時を要するのか、まるで想像がつかない。

悲観的になるのはやめよう。歌舞伎界と決別したあとにも『SP』というやり甲斐を得た。だがそれをも失ってしまったあとに、同じくらいに『やり甲斐』を感じることができる職業につく自信は、はっきりいって姫宮にはなかった。

しかしそんなことは言ってはいられない、と姫宮は心に渦巻く弱音に背を向けると、

「本当に、今までありがとね」

と星野に向かい微笑んだ。

「姫」

星野が身体を起こそうとし、顔を歪める。

「ちょっと、まだ寝てなさいよ」

起きるのは無理よ、と慌てて姫宮は星野の動きを阻もうとしたが、星野は首を横に振り、強引に半身を起こすと手を伸ばし自身の肩のあたりにかかった姫宮の手を握り締めた。

「姫にはなんの責任もないだろう。辞めるなんて言わないでくれ。俺のバディは姫だけなんだから」

「気持ちは嬉しいし、あたしだって辞めたくないけど、関係ないとは言えないわ。だって縁を切ったとはいえ、血の繋がった人間が犯した罪よ。関係ないとは誰も認めてくれないわ。それに、義兄さんの愚行の原因はあたしにあるんだし……」

姫宮が首を横に振り、星野の手から自身の手を引き抜こうとする。

「そんなことはない」

「あるわ。あたしが義兄さんにきっぱりした態度をとらなかったからよ。愛することはできないとちゃんと断るべきだった。再会したあともあたしは義兄さんを避けてばかりでちゃんと向き合おうとしなかったんですもの。義兄さんが思い詰めた原因を作ったのはあたしよ」

「それは結果論だ。言っちゃなんだが孝之助の行動は破天荒だ。あれを予測しろというほうが無理だし、姫がたとえきっぱりした態度をとったにしても、同じことをしなかったって保証はそれこそないだろう?」

「それこそ仮定論よ」

言い返した姫宮の手を星野は一段と強い力で握り直した。

「ボスは姫の辞表を受理しないさ」

「してもらわないと困るわ。ボスの立場だって……」

はっとし、告げた姫宮の目を、星野がじっと見つめてくる。

「孝之助の——豊田屋の後ろ盾が警視総監だからか?」

「まあそれもあるけど」

「ボスのバックグラウンドを考えれば、その心配は不要だろ」

「そりゃそうかもしれないけど、あたしの気持ちが……」

済まない、と言いかけた姫宮は、星野に、

「どんな気持ちだよ！」

と星野に怒鳴られ、びく、と身体を震わせた。

「SPはお前にとって天職じゃないのか？　お前、孝之助に言ったよな？　自分は役者じゃなくてSPだって！　なのに辞めるのか？　辞めて何をする？　SP以上に天職と思える仕事に巡り会えるとは限らないんだぞ」

「わかってるわよ、そんなこと……っ」

言われずともわかっている、と反論する姫宮に星野は、

「だったら！」

と声を被せた。

「続ければいいじゃないか！　責任を感じているなら仕事で果たせばいい！　なあ、そうだろう？」

星野はそう言うと、姫宮の目を真っ直ぐに見つめ、こう言い切った。

「お前は一人じゃない。バディの俺を忘れるなよ。お前の責任は俺も一緒に果たしてやる。お前のバディは俺しかいないだろ？　仕事上でも、人生においても」

「………ランボー………」

真摯な星野の瞳を前に、姫宮の胸が詰まる。瞳の奥に熱いものが込み上げてきて、星野の名を呼びかけた唇が震えた。

今にも涙が零れ落ちそうになっていた姫宮だったが、気の強い彼は星野に泣き顔を見られることを厭うた。

それで彼から顔を背けると、今、自分をこうも感動させた星野の言葉をわざと揶揄し、笑いに持っていこうとした。

「馬鹿ね、人生のバディだなんて、あなた、それ、プロポーズじゃない」

言う相手を間違ってるわよ、と目を逸らし高く笑った姫宮の耳に、星野の少し照れた声が響いてきた。

「……そうとってもらってもいいんだけどな」

「え？」

聞き違いか、と姫宮が思わず背けた視線を星野へと戻す。その視線の先には、真っ赤な星野の顔があった。

「……あ、いや、悪い。ええと……」

姫宮が見つめる中、ますます星野の顔が赤くなり、言葉はしどろもどろになっていく。

「な、何よ」

問い返す姫宮もまた、自分の頬の熱さを感じていた。赤い顔のまま、暫し見つめ合っていたところ、ドアがノックされたものだから、二人してはっとし、ほぼ同時に声を上げた。

「は、はい」

「ど、どうぞ」

どちらも声が裏返っていることに、思わず再び顔を見合わせた姫宮と星野は、更に互いの頬を赤く染めた。

「よお、大丈夫か？」

ドアを開け、入ってきたのは百合と篠で、星野の見舞いに来てくれたらしかった。

「なんだよ、二人とも。変な顔して」

入室した瞬間、百合は敏感に室内の微妙な雰囲気に気づいたようで、姫宮と星野を代わる代わるに見ながら問うてきた。

「変？　失礼ね。もともとこういう顔よ」

百合に対しては普通に対応できるのだけれど、と口を尖らせてみせながら姫宮が内心首を傾げる。

「はは、そうだったな」

百合は笑って姫宮の肩を叩いたあと、星野へと視線を移し心配そうに問いかけた。

「大丈夫か？　医者に聞いてきたが傷、結構深いんだろ？」

「大丈夫です。鍛えてますから。二週間もあれば復帰できますよ」

寝ながら胸を張ってみせた星野もまた、先ほどの赤い顔とは打って変わって普段どおりの態度になっている。

「さすがにそれは無理かと……」

遠慮深く篠がコメントしたのに、その場にいた皆が「違いない」と笑った、その空気もいつもどおりだと思いながら姫宮は何気なく星野を見た。視線に気づいたのか、星野もまた姫宮を見返す。

途端に自分の頬がカッと熱くなるのを姫宮は感じ、その頬に手をやりつつ慌てて星野から視線を逸らした。目の端に映った星野の顔も真っ赤で、急激な変化に驚いた百合が、

「おい、ほんとに大丈夫か？」

と彼に問いかけている。

「大丈夫ですって」

ははは、と乾いた笑い声を上げる星野と、そっぽを向いた姫宮を百合はまたも代わる代わるに見やったが、やがて、ははん、とでも言いたげな顔になると、

「そうだ、さっきナースに聞いたんだけどさ」

と、少々意地の悪そうな顔になり、星野に声をかけた。

「はい？」

「この病院、出るんだってよ」

『出る』と言いながら百合が、自分の身体の前で両手をだらりと下げてみせる。それを見た瞬間、星野の顔からさあっと血の気が引いていった。

「…………え…………」

「星野様っ」

真っ青な顔のまま、いきなりベッドから起き上がろうとした星野を、篠が慌てて押さえ込む。

「傷が開きます」

「む、無理！　俺、無理だーっ」

絶叫する星野には怪談話が大の苦手、という、外見に似合わぬ弱点があった。幽霊の『ゆ』の字でも聞こうものなら耳を塞いでその場を逃げ出してしまう。

「落ち着きなさいよ」

姫宮も慌てて星野を押さえつけたが、星野はただただ、

「無理！」

と真っ青な顔で叫んでいた。

「暴れると傷に障ります」

篠がそう言い、なぜ『出る』などと言い出したのか、と百合に非難の眼差しを向ける。

「悪い悪い」

百合は少しも『悪い』と思っていなそうな口調で謝ると、姫宮へと視線を移し思いもかけないことを言い出した。

「星野がこんなに怖がってるんだ。姫の家で面倒みてやれよ」

「え」

今度は姫宮が絶句する番で、思わずその場で固まっていたところ、援護射撃、とばかりに篠が言葉をかけてくる。

「そのご提案は素晴らしいかと。早速退院手続きをとって参りましょう」

「ちょ、ちょっと」

慌てる姫宮を尻目《しりめ》に、百合が「だろ？」と得意げに胸を張る。

「いや、それもちょっと……」

自身が押さえ込んでいた星野の弱々しい声に、姫宮ははっと我に返り、思いっきり近いところから彼を見下ろした。

「姫に迷惑かかるし」

「別に迷惑はかからないけど……」

途端に意識してしまい、姫宮の頬がまた熱くなる。ぎこちなく覆い被さっていた星野の上から退く彼の耳に、百合の明るい声が響いた。

「多少迷惑かけたってかまわないだろ？　何せバディなんだから」

な、と百合が姫宮と星野に笑顔を向けてくる。

「そうよ。そもそもその怪我、あたしを庇ってのものなんだし、あたしが責任もって世話するわよ」

青い顔をした星野にそう言い切りながら、姫宮は、もしや百合は何か気づいているのか、と彼を見やった。

百合が姫宮の視線を受け、ぱちりと意味深なウインクをする。

まったく、何を考えているんだかと呆れつつも自分が百合の行動に感謝の念を抱いていることを、姫宮はすでに自覚していた。

「……でも……悪いだろう」

それゆえ、弱々しく拒絶の言葉を口にする星野に対し姫宮は、

「悪かないわよ。バディなんだから！」

といつもの調子で言い切り、医師の許可が得られ次第彼を自宅へと連れていく決意を固めたのだった。

即刻退院したいという申し出に医師は相当驚いていたが、化膿止めの点滴さえ打っていれば傷が悪化する心配はないということで、思いの外簡単に退院の許可は下りた。

姫宮は一足早く自宅に戻り、星野を迎える準備を整えた。ベッドは一つしかないので寝室

のそれを怪我人である星野に提供し、自分はリビングのソファで寝ることにする。

そのうち、百合と篠が星野を連れてやってきたのだが、早くも星野は自分の足で歩いていた。

「ちょっとあんた、大丈夫なの？」

驚く姫宮に星野が「任せろ」と胸を張る。

「なんだ、寝たきりかと思って『おまる』も用意したのに」

実際そのようなものは用意していなかったのだが、姫宮の言葉を星野は信じたようで、

「勘弁してくれよ」

と悲惨な顔になり、その場にいた皆を爆笑させた。

「それじゃ、俺らは帰るから」

「あら、お茶でも飲んでってよ」

星野本人と彼の荷物を運び入れると、百合と篠は笑顔で手を振り、さっさと姫宮の家を辞そうとした。

「これでも勤務中なもんでね」

「ボスを一人にするわけにはいきませんので」

百合も、そして篠も笑顔で姫宮の誘いを退け、それじゃあ、と部屋を出ていった。

「頑張れよ」

ドアを出しなに百合が姫宮の肩をポンと叩き、ぱちりとウインクしてみせる。

「何をよ」

言い返したときにはすでにドアは閉まっていたが、その直前に見えた百合の顔は『わかっているくせに』とでも言いたげだった。

「あれ、百合さんもアンドレも帰ったのか?」

ちょうど手洗いで席を外していた星野が、驚いたように玄関までやってくる。

「忙しいんですって。それより、寝てたほうがいいんじゃないの?」

よく見ると星野の顔色は決して『いい』とはいえなかった。相当無理をしているに違いない、と姫宮は判断し、「大丈夫だよ」と言う星野を強引に寝室へと連れていった。

「そういや俺、姫の寝室、初めて入った」

広いベッドだ、と感心する星野をベッドへと導く。

「いつも一人で寝てるのか?」

「誰と寝てるっていうのよ」

姫宮のベッドはキングサイズで、星野の問いもわからないではない。だがサイズが大きいのは姫宮の単なる好みであり、他人と一緒に寝ることを想定して買ったものではなかった。

「いや、誰って、その……」

途端に口籠《くちごも》った星野が、ちら、と姫宮を見る。

「……何よ」

彼の頬が赤いことに気づいた姫宮の頬にもまた血が上ってきた。

「別に、探りを入れたわけじゃないよ?」

その上、星野が言い訳がましくそんなことを告げたのを聞いては、ますます頬が赤らむのを抑えられず、姫宮は、

「ばっかじゃないの」

と言い捨て、星野の胸を軽く小突いた。

「さっきからあんた、何言ってんの?」

問いかける自分がいかに赤い顔をしているか、その自覚は姫宮にもあった。

「ええと……その……」

姫宮の視線を真っ直ぐに受け止め、口籠る星野もまた赤い顔をしている。

「言いたいことがあるならはっきり言いなさいよね」

言いながらも姫宮は、自分が卑怯《ひきょう》なことをしているなと内心首を竦めた。

「…………姫…………」

星野が困り切った顔になり、姫宮をじっと見つめてくる。

プロポーズじゃないんだから、と笑った自分に星野は『そうとってくれていい』と返した。

その真意を聞きたい。

姫宮の思いはそこにあった。

そう聞きたいのならストレートにぶつければいい。なのにそれができないのは、自分の理解と星野の意図が同一であるという自信が持てないからだった。

卑怯だわ、と心の中で苦笑し、姫宮は、言葉を探している様子の星野に、勇気を振り絞って自分から問いかけた。

「もしかしてランボー、あたしのこと、好きなの？」

「え」

あまりにストレートすぎたせいか、星野が絶句しその場で固まる。イエスか、ノーかを言う以前に、彼の顔がみるみるうちに赤くなっていく様を見て、よかった、と姫宮は安堵の息を吐いた。

「ご、ごめん……」

自然と笑ってしまっていた姫宮に、星野が深く頭を下げる。

「何を謝るの？」

安堵したところだったのに、もしや違ったのか、と、はっとして姫宮は問い返したのだが、返ってきた答えに再び安堵の笑みを漏らした。

「……姫、よく言ってるだろ？　自分はオカマでもゲイでもないって。なのに、好きだとか言われたら、どん引きされるだろうなと……それに、今回孝之助のこともあったし……なのに俺までが『好き』なんて言い出したら、姫、困るだろうし、嫌だろうなと思って……」

「あんたさ、人の話、全然聞いていないでしょう」

ぼそぼそと続ける星野の言葉を姫宮が遮ったのは、口調に表れていたとおりの苛立ちからだったのだが、その『苛立ち』は要領を得ない星野の説明を中断したいというよりは、自分の気持ちを早く星野に伝えたい、そこから生じたものだった。

「……え？」

だが星野には姫宮の意図がまるで通じないようで、何を怒っているのか、と戸惑った顔になる。

「聞いていたつもりだった……けど？」

おずおずとそう問い返してきた彼を姫宮は、本当にもう鈍感なんだから、と溜め息をつきつつ睨み上げた。

「あたし、さっき言ったわよね。気持ちに応えることができないんなら、はっきり義兄さんにそう言うべきだったって。そんな反省をしている人間が、同じ過ち犯すと思う？」

「姫、それは……」

ようやく話が見えてきたのか、星野が嬉しげな顔で問い返してくる。それでもまだ自信が持てずにいるらしい彼に姫宮は、

「だから！」

はっきりと自分の気持ちを伝えることにした。

「義兄さんのことを打ち明けたのは、ランボー、あなたが最初で最後よ。母親にすら言えなかったけど、あなたになら話せた。ううん、聞いてほしかった。あたしのすべてをあなたに受け止めてほしかったの」

「……姫…………」

信じがたい、というように目を見開き、星野が姫宮を見下ろす。

「好きよ、ランボー」

そう言った途端、姫宮は星野にきつく抱き締められていた。

「……いて……」

勢いがよすぎて傷に障ったのか、力強く姫宮を抱き締めながら、星野が小さく声を漏らす。

「馬鹿ね、大丈夫？」

苦笑し、身体を離そうとする姫宮を、尚もきつく抱き締め、星野が耳元で呟く。

「……夢……みたいだ」

「夢じゃないわよ」

実感が持てずにいるからこそ、しっかりと抱き締めようとしているのだろう。それはわかるが、このままではキスもできない、と姫宮は苦笑し、とん、と星野の背を拳で叩いた。

「姫……」

意図を察したらしい星野がようやく姫宮の背から腕を解き、微かに身体を離す。

「あんたは？　あたしのこと、好き？」

確信はあった。が、はっきりと言葉で聞くまでは安心できない、と姫宮が星野に問いかける。

「好きだ」

きっぱりと頷いた星野を見て、姫宮はほっと安堵の息を吐くと、今度は自分から星野に抱きついていった。

「姫……」

星野の腕が姫宮の背に回り、きつく身体を抱き締めてくる。

「傷、痛くないの？」

「まったく……とは言えないけど」

抱き合いながら、いつもの調子で会話をしていることに、思わず顔を見合わせ苦笑する。

「なんだかムードないわね」

「まあ、俺たちだからな」

「『俺たち』じゃなくて『俺』でしょ」

「なんだよ、俺だけのせいにする気か？」

更に会話を続けていた二人だが、ふと言葉が途切れたあとに、星野がふうと小さく息を吐き出したことで、姫宮は改めて彼の体調を案じた。

「寝てなさいよ。顔色、よくないわ」

「寝るのが惜しい」

そう言い、星野がぎゅっと姫宮の背を抱き直す。

「目が覚めたら、夢だった、なんてなりそうで」

「馬鹿ねえ。そんなわけないでしょう」

あまりに嬉しげな星野の顔に、照れ臭さが募った姫宮は、わざとそう呆れてみせると、強引に彼の腕から逃れ、

「ほら」

と片手を差し出した。

「なに？」

「ベッドに行きましょうよ」

「え」

誘いと察した星野の顔が、みるみるうちに赤く染まっていく。

「もう、今更照れてるんじゃないわよ！」

けしかける姫宮の頬もまた、羞恥《しゅうち》から真っ赤になっていた。

「だいたいあんた、怪我人でしょ？　何ができるっていうのよ」

ほら、と強引に星野の手を取り、姫宮がキングサイズのベッドへと進んでいく。

「一応、なんでもできそうなんだけど……」

ぼそぼそとそう告げた星野が、姫宮の手をぎゅっと握り返してきた。

「………馬鹿……」

意図を察した姫宮が、ますます赤くなりながら、同じくぼそりと悪態をつく。

「……なんだか、照れるよな」

そのまま二人して手を繋ぎ、ベッドに並んで腰かけると、星野はもう片方の手で頭を掻きながら姫宮の顔を覗き込んできた。

「……大丈夫なの？」

姫宮が、彼らしくないおずおずとした口調で星野の顔を逆に覗き込む。

「うん」

星野は明るく頷くと、姫宮の手を握る己の手に力を込めた。そのまま見つめ合うこと数秒、ゆっくりと星野の顔が姫宮へと近づいてくる。

キスされるのか、と察した途端、姫宮の鼓動が跳ね上がった。

『真面目な顔して』

揶揄してやりたいほど、真剣な顔をしている星野が、唇が近くなるにつれそっと瞳を閉じている。

揶揄の言葉は結局唇には上らず、姫宮もまた瞼を閉じた。次の瞬間、唇に柔らかな感触を得た姫宮の胸に、熱い思いが広がってくる。

星野とキスをするのは、初めてではなかった。酒の席でふざけて唇を奪ったことは何度もある。

『よせよー』

そのとき彼は完全に嫌がっていた。そして自分は完全に面白がっていた。

まさか違う意味で唇を重ねる日が来るなんて、と姫宮は薄く目を開き、己の唇を塞ぎ続ける星野を見やる。

「…………」

真剣な表情でキスに集中している星野の顔が目に飛び込んできた瞬間、姫宮の胸はますます熱く滾った。

込み上げる激情のまま、星野の背を抱き締め返す姫宮を、ゆっくりと星野がベッドに押し倒していく。

これから新たな関係が始まるのだなという覚悟はすでに姫宮の中では固まっていた。それゆえ姫宮は星野が促すままにベッドへと横たわり、彼の傷に障らぬよう気を配りながら唇を重ね続けた。

10

これは夢じゃないのか。

星野は何度も心の中でその言葉を反芻《はんすう》していた。

ナイフで刺されて、実際に自分は死んだのではないかとまで考えた。若くして死んだのを神様か誰かが可哀相《かわいそう》に思い、願望を見せてくれているのかもしれないと、そんなことを本気で考えてしまうほど、星野にとって今の状態は信じがたい――そして幸せなものだった。

今、星野は姫宮と共にベッドにいた。二人とも服は着ていない。

腹に巻かれた包帯を見て姫宮は青ざめ、行為の中断を申し出た。

「大丈夫だから」

実際、痛みは覚えていたがチャンスを逃したくなかった星野は、このまま続けよう、と姫宮を促した。

「でも……」

姫宮が心配そうに星野を見下ろしてくる。

「大丈夫だよ」

彼の裸体を見るのも、勿論初めてではない。だがベッドの上で一糸纏わぬ姿でいるという状態は当然ながら初めてだった。

綺麗な身体だと、そのまま見惚れてしまいそうになり、慌てて目を逸らす。同時にごくりと喉が鳴ったのは、唾を飲み込んだからなのだが、その音がやけに生々しく響くことに星野は動揺した。

ここまできて今更という感はあるが、姫宮の裸体に欲情を覚えていることを本人に悟られるのが恥ずかしかった。とはいえ男の身体は正直であるので、すでに星野の雄は形を成しつつあり、隠そうにも興奮状態はバレバレではあった。

姫宮の雄はどうなっているのか。見たい気持ちはやまやまだがなんとなく見てはならない気がして視線を向けることができない。

やはりこれは夢ではないのか、と、何度呟いたかわからない言葉を星野が心の中で呟いたそのとき、

「ねえ」

と姫宮に声をかけられ、はっとして視線を彼へと向けた。

「寝なさいよ」

「え?」

ややぶっきらぼうにそう言う姫宮の意図が今一つ読めず問い返すと、姫宮は顔を赤らめつつ、更に無愛想に、

「だから、仰向《あおむ》けに寝なさいって」

と、星野をベッドに横たえようとした。

「やめるってことか?」

それは嫌だ、と反論しようとした星野は、続く姫宮の言葉を聞き、やはりこれは夢ではないかと再度思ってしまったのだった。

「違うわよ。ランボーが動かなくてもいいように、あたしがやるって言ってるのよ」

「……え……?」

何を、と問いかけようとした星野を、

「いいから寝て」

と強引に横たわらせると、姫宮は星野の腰の横あたりに座り、なんと手を星野の雄へと——すでに勃《た》ちかけていたそれへと伸ばしてきた。

「ひ、姫?」

『あたしがやる』——そういうことか、と察しはしたが、反射的に姫宮の手から己の雄を取り上げようとした星野を、姫宮がじろりと睨み下ろす。

「何よ、不満なの?」

「そ、そうじゃなくて、その……」

姫宮に触ってもらう。想像したけで星野の鼓動は跳ね上がり、雄に一気に血液が流れ込む勢いで硬度が増していく。

「ほら、貸しなさいよ」

それを見た姫宮がその雄を握り、ゆっくりと扱《しご》き始める。

「ひ、姫……」

繊細な指が自身の雄を摑み、優しく扱き上げる、この状況はやはり夢ではないのか、と星野は思わずまじまじと、その雄へと視線を落とす姫宮の顔を見上げてしまった。

「……人のなんて触ったことないから、難しいわ」

姫宮はいつもと変わらぬ様子をしていたが、やはり照れているのか、ぶっきらぼうにそう言いながら淡々と星野を扱き続ける。

「……姫……」

姫宮が触れている、それだけで星野の興奮は最高潮に達していた。どくどくと脈打つ雄はすでに勃ちきっており、先端からは先走りの液が滴っている。

あまり早く勃つのも、そして達するのも恥ずかしいのでは、と意識すればするだけ興奮は増し、次第に我慢ができなくなってきた。

『難しい』と言いつつ、姫宮の手淫《しゆいん》は巧みだった。片手で星野の竿《さお》を扱き上げながら、もう片方の手の親指と人差し指の腹で先端のくびれた部分を擦《こす》り上げる。

ときに先走りの液が盛り上がる先端に爪を立てて刺激し、またときに先端から根元へと指を移動させ、陰嚢《いんのう》を揉《も》みしだく。

綺麗な指先の動きを見ているだけで達してしまう、と目を閉じ、射精を堪《こら》えていた星野の耳に、

「ねえ」

という姫宮の呼びかけが響いた。

「何？」

答える声が掠れる。薄く目を開いた星野は、今、自分の身に起ころうとしていることに気づき愕然となった。

「なかなかいけないようだから、口でやろうか？」

なんと雄を握っていた姫宮が、今まさに自分の両脚の上に腰を下ろし、勃ちきった雄を咥《くわ》えようとしていたのである。

「ま、待った！」

仰天したあまり星野は大声を上げてしまっていた。

「な、何？」

姫宮がびくっとし、星野を見下ろす。

「いや、その、そんなことまでしてくれなくても………」

今や星野はパニックといってもいい状態となっていた。

『口でやろうか』——姫宮は自分にフェラチオをしてくれるつもりのようである。触ってもらっただけでもここまで昂《たか》まっているのに、フェラチオなどしてもらったらそれこそ嬉しさのあまり昇天してしまうかもしれない。

少しの冗談でもなく星野はそう考え、とんでもない、という思いを込めて、ぶんぶんと首を横に振った。

「ど、どうしたの？」

いきなり激しく首を横に振り始めた星野を訝り、姫宮が問いかけてくる。

「お、俺がやる」

動揺のあまり星野は、自分でも考えてもいなかった言葉を口にしていた。

「何？」

今度は姫宮が仰天した声を上げる番だった。

「何を？」

「だから俺がお前のを……っ」

そう言い、星野は視線を姫宮の下肢へと向けたのだが、彼の雄がすでに勃起《ぼっき》しているのに気づき、はっとして息を吞んだ。

「何よ……っ！　見ないでよっ」

視線を追い、気づかれたと察したらしい姫宮が怒声を上げ、手で自身の雄を隠す。

「……姫……」

自分の雄を触っているうちに、姫宮自身も興奮してきたということだろう。そう気づいた星野は嬉しさのあまりつい破顔してしまった。

「なんなのよ」

それを『笑われた』ととったらしい姫宮が、ますますきつい目で星野を睨むのに、

「やっぱり俺がやるよ」

と星野は身体を起こそうとし、腹に走る痛みに顔を歪めた。

「だ、大丈夫？」

ううう、と傷を押さえる星野を、姫宮が心配そうに見下ろしてくる。

「やっぱりちょっと……痛いな」

麻酔が切れてきたのか、先ほどより痛みが増していた。包帯には薄く血が滲んでいる。

「だから無理しないでって言ったじゃないの」

姫宮はそう言うと、ふと勃起したままでいた星野の雄を見やり、意を決した顔になった。

「姫？」

どうした、と問うより前に姫宮が星野の下肢に顔を埋《うず》める。

「わっ」

いきなり熱い口内を感じ、星野は堪らず大きな声を上げてしまった。次の瞬間、ざらりとした舌に先端を舐《ねぶ》られ、竿を扱き上げられる。

「ダメだ……っ……出るっ」

あまりに刺激的な感覚に、最早我慢も限界に来ていた星野は、すぐにも達してしまいそうになった。

「……え……?」

星野が上げた声が予想外に大きかったからか、姫宮が驚いて顔を上げる。

弾みで彼の口から星野の雄が零れ出た。その瞬間星野は達し、白濁した液を飛ばしてしまった。

「……っ」

ぴしゃ、という音と共に、星野の放った精液が姫宮の顔にかかる。

「うわあっ」

とんでもないことをしてしまった、と星野は更に大声を上げ、身体を起こそうとした。

姫宮は自分に何が起こったのか、今一つ把握していないようだったが、星野が無理やり起き上がろうとし、また「いてて」と腹を押さえたのを見て、

「ちょっと、どうしたのっ」

やめなさいよ、と、星野に覆い被さってきた。

「ご、ごめん……」

痛みを堪えながらも星野は手を伸ばし、自分を心配そうに見下ろす姫宮の頬に飛んだ白濁した液を拭《ぬぐ》おうとした。

「ああ」

ようやく姫宮が気づいたように、自分で自分の頬やこめかみに触れる。

「……ごめん……」

頭を下げようにも仰向けに寝ているためそれもできず、気持ちだけでもと目を閉じ首を曲げた星野の上で、姫宮がぷっと吹き出した。

「なんていうんだっけ、こういうの……ああ、『顔射』？」

「姫っ」

なんて言葉を、と思わず目を見開いた星野に、姫宮は自身の顔を拭いながら悪戯っぽい目を向けてきた。

「生まれて初めての体験だわ。人のペニスを咥えたこと自体、初めてだけど」

やっぱり匂いがキツいわね、と肩を竦めた姫宮の顔は、それでも楽しげに笑っていた。

「……悪い……」

自然と零れた謝罪の言葉を、

「なんで謝るのよ」

と姫宮が拾って突き返す。

「え？」

「今まで絶対無理だと思ってたけど、案外ハードル低かったわ」

にっこりと、それは綺麗に微笑んだ姫宮が、星野に更に覆い被さり、顔を近づけてくる。

「続きはランボーの傷がもう少し癒《い》えてからね」

そう告げ、チュ、と星野の唇に唇を落としたあと、姫宮は呆然としていた星野にニッと笑いかけると、ごろり、と彼の傍らに横たわった。

「今夜は一緒に寝るだけで我慢しましょう」

「いや、俺もこのくらいならできるから」

星野がいまだ硬度を保っている姫宮の雄に手を伸ばす。

「いいわよ」

姫宮は笑ってその手をぎゅっと握ると、星野の顔を見やった。

「こうして手を繋いで寝ましょうよ。ちょっとドキドキしない？」

「……する」

その前に上がけをかけましょう、と姫宮が足元に溜まっていた上がけを引っ張り上げ、二人顔を見合わせ笑い合う。

「これから、よろしくね」

少しの沈黙のあと、姫宮が少し照れた顔でそう言い、にこ、と笑った。

「……バディとしてだけじゃなく、恋人として……か?」

『よろしく』の意味は間違えてないよな、と星野が確認をとる。

「そう」

「こちらこそ、だ」

頷いた姫宮に星野も笑い返したものの、すぐ、

「ああ」

と己の不甲斐なさを思い、溜め息を漏らしてしまった。

「何?」

どうしたの、と姫宮が星野に身体を寄せ、問いかけてくる。

「当分仕事面では姫の『バディ』に戻れないのが、申し訳なくてさ」

姫宮だけではなく、チーム全員に迷惑をかけてしまう、と肩を落とした星野に対し、姫宮はどこまでも明るかった。

「大丈夫よ。ランボーがいない間、かおるちゃんと仲よくやるから」

だから安心して、と笑う姫宮の言葉を、我ながら心が狭いと思いつつも星野は、笑顔で受

け止めることができずにいた。

「あら、何よ」

星野の気持ちに——迷惑をかけて申し訳ないと思いつつも、先輩の百合に対して抱いてしまった嫉妬《しっと》心に、当然気づいているだろうに、姫宮はにやにや笑いながら、星野の顔を見上げてくる。

「……いや、だからさ……」

言わせる気か、と、内心むっとしつつも口を開きかけた星野に、そこまで意地悪はすまいと思ったのか、

「安心してよ」

と姫宮が彼の言葉を遮り、こつん、と星野の胸を小突いた。

「かおるちゃん、あたしたちの『新しい関係』に気づいてると思うから」

「え？」

予想外の発言に、星野が驚きの声を上げる。

「気づいているだけじゃなく、応援もしてくれてるわ」

にこにこ笑いながら言葉を足す姫宮に、今の今、新たな関係が生まれたばかりだというのに、気づかれるのは早すぎないか、という思いのもと、星野は思わず、

「なんで？　なんでわかるんだ？」

と問いかけてしまった。

「だって、ほら」

『なんでわかる』を姫宮は、『百合がなぜ気づいたか』という意味ではなく、『自分がなぜ、百合が気づいていると気づいたか』ととったらしい。

またも悪戯っぽく笑い、その答えを口にしたが、それは星野を更に仰天させるものだった。

「あんたをあたしの部屋に寄越そうとして、嘘ついたじゃない。あの病院『出る』んだって」

「あれ、嘘だったのかっ‼」

今の今まで本気にしていた星野が、思わず絶叫し、凝りもせずに憤りから身体を起こそうとして——。

「いてて」

腹に走る激痛に、その場で蹲った。

「馬鹿ねえ。何回同じこと、繰り返すのよ」

大丈夫？　と起き上がり、上から顔を見下ろしてくる姫宮を見上げ、星野が「酷いよ」とクレームをつける。

「人の弱みを面白がるなんて」

「いいじゃないの。おかげで毎日、夜は一緒に過ごせるんだし」

星野にとって『怪談嫌い』は最大のコンプレックスだった。いい大人が恥ずかしい、と人から何度笑われたかもわからないし、自分でも恥ずかしい欠点だと思っていた。

それを百合にからかわれたとわかり、一時はむっとしたものの、姫宮にそう言われたことで、改めてその『からかい』が百合の心遣いと気づいた星野の頰が笑いに緩む。

「……………まあ、そうだけど」

それでも、素直に感謝の念を表現するのは癪《しやく》だと口を尖らせた星野に対し姫宮は、

「いっそのこと、このまま住んじゃえ」

と笑いかけ、星野の顔を『完全なる笑顔』に変えてくれたのだった。

あとがき

はじめまして&こんにちは。愁堂れなです。

このたびは十冊目のシャレード文庫となりました『バディ―禁忌―』をお手に取ってくださり、本当にどうもありがとうございました。

『バディ』シリーズも皆様の応援のおかげで三冊目となりました。今回のバディは、オカマ言葉の姫こと姫宮と、ランボーこと星野の二人です。

藤堂チームのバディ三組、全部恋人同士という展開になりましたが(笑)、他の二組のバディ同様、このバディも皆様に少しでも気に入っていただけるといいなとお祈りしています。

明神翼先生、今回も本当に素晴らしいイラストをありがとうございました！　凛々しさの中に心の脆さを感じさせる姫宮の美貌に、男らしくも優しいランボーに、今回も超メロメロになりました。ご一緒させていただけて本当に嬉しかったです。次作でもどうぞよろしくお願い申し上げます。

また、担当様を始め、本書発行に携わってくださいましたすべての皆様にも、この場をお借りいたしまして心より御礼申し上げます。

最後に何より、この本をお手にとってくださいました皆様に御礼申し上げます。よろしかったらどうぞお読みになられたご感想をお聞かせくださいませ。心よりお待ちしています！

バディは秋に四冊目を発行していただける予定です。どんなお話にしようか、これから楽しく悩みたいと思っています。よろしかったらそちらもどうぞお手に取ってみてくださいね。

また皆様にお会いできますことを切にお祈りしています。

平成二十四年五月吉日

愁堂れな

（公式サイト『シャインズ』http://www.r-shuhdoh.com/）

本作品は書き下ろしです

愁堂れな先生、明神翼先生へのお便り、
本作品に関するご意見、ご感想などは
〒101-8405
東京都千代田区三崎町2-18-11
二見書房　シャレード文庫
「バディ—禁忌—」係まで。

CHARADE BUNKO

バディ—禁忌《きんき》—

【著者】愁堂《しゅうどう》れな

【発行所】株式会社二見書房
東京都千代田区三崎町2-18-11
電話　03(3515)2311［営業］
　　　03(3515)2314［編集］
振替　00170-4-2639
【印刷】株式会社堀内印刷所
【製本】ナショナル製本協同組合

落丁・乱丁本はお取り替えいたします。
定価は、カバーに表示してあります。

ISBN978-4-576-12063-8

http://charade.futami.co.jp/